# 烏鴉在港島線起飛

程皎暘 著

# 海市——序程皎暘《烏鴉在港島線起飛》

葛亮

如何書寫香港，這對每個在地作者都是一個重要命題。

成長於斯是一種寫法，珠玉在前，如西西、也斯等作家，皆有佳構傳世。而作為外來書寫者，似乎又多了一重考量。縱觀一九三〇年代以降的南來作家。如出身上海的馬朗，其將「過去中國大陸春野上的經驗，與香港現實的經驗互相重疊」。記憶與現實融合，造成兩種氣息截然的影像之交迭。徐訏居港三十年間，創作甚少涉及香港地景，亦以回憶重築鄉土書寫。即使關涉香港敘事，適夷等為代表的作家，則多以異鄉人自居，以故鄉記憶作為範式來選擇「觀看」視野。張愛玲書寫香港的《傳奇》數篇，卻可見頗具地方感的清晰表達。換言之，張氏言明「用上海人的觀點來察看香港」，進而打破橫亙在「外來者」與「在地者」之間的壁壘，實現對這座城市更為開放的文學建構。

程皎暘作品《烏鴉在港島線起飛》亦致力南來主題，近年而觀，可謂箇中新生佳作。其響見當代一端，亦稱為「港漂」。此詞為近年參考「京漂」、「滬漂」說法而盛行，就淵源而言，時見論議，不應者認為其含有自我異質化的傾向，似乎亦包涵了身分歸屬層面的焦慮。而就另一層面，「漂」含有了流動感的指涉，就人群的狀態而言，直觀且生動。程皎暘選擇的，大約是這樣一種角度。〈細雪〉與谷崎潤一郎名篇同名，卻另沽一味。不再流連於關西望族的舊日風土，卻聚焦香港聖誕時節人造雪景的幻境與北國凜冽現實的殘酷。空間的流轉伴隨著記憶痛楚的隱現，在此地亦在他鄉。〈深水炸彈〉亦然，如同〈細雪〉故事中都有一個在主人公漂泊生命中缺席的父親。不倫感情的歸宿，或許是對這種缺席的無聲反抗或代償。以中國人的生命觀，強調「安土重遷」、「葉落歸根」，都是植根於穩定大勢，在地理隱喻的層面，不期然地指向陸地，甚而北望於中原。〈另一個空間〉，卻由此提出問題：何談「另一種」？以及空間在哪裡？顯然，「漂」的生命取向，對北方的「來處」是不信任的，甚而失望的。那麼「漂」的終點，如非大陸，又當指向何處。〈金絲蟲〉在某種意義上，嘗試提供答案。港漂主人公在經濟大蕭條中被裁員，順理成章地離棄大城市的主流生活，進而實現成為小說家的夢想。「在這炎熱繁忙的週一早高峰，我在傾斜入侵的日曬下，浸泡在司機手機裡不斷響起的語音信箱裡，倍感煩悶，直到四周高低起伏的大廈逐漸消散，車子進入跨海大橋，心情才舒暢起來。」這離棄的終點是一座「遠離市區的人工小島」。此處「島」的意象可堪回味。作為島城的香港，在漂流者的目光中已趨同於主流。遁逃方法是漂向另一座島外之島。而在這島上所發生故事，又近乎於魔幻與現實之間。主人公作為小說作者的身分，賦予其奇妙的後設意味，使得「虛構」本身的虛弱質地，也帶有一絲無奈的反諷。而值得重視的，是作者對於美涯灣作為「人工」地景的強調。這幾乎構成了整本小說集的另一條閱讀的線索。或許出於對晦暗現實和人性的徹底失望，作者數度將救贖之光寄託於「人工」、「人造」等元素，但似乎由此指向了更深度的無望。首篇〈非人〉以ＡＩ孩童開宗明義，其後「易空間」、「水晶球」、「鏡面騎士」、「紙皮龜宅」、「完美戀人演繹館」無不以科幻甚至奇幻元素拷問人世間的煙火日常。而在其間，尤為矚目的是人類情感的肉身，也一次又一次暴露在人工智慧冰冷的寒光中，並被鞭打至於創痕累累。不期然，有一座海市冉冉而生，折射這城的另一種真相。

〈歲末夜晚的紅色氣球〉或許是這本書中最接近作者「本我」的文字。在清寒的夜晚，這城市有無數夜歸的人，他們或醉或醒，或靜或動，但心底總有微渺的願望，在不遠的前方，有個等待著的、溫暖而孤寂的守夜人。

謹以此書獻給我的父親母親

# 目錄

# 非人

## （一）

那天我走在回家的路上，在通往屋苑後門的巷子裏，聽到一陣奇怪的哭聲，嗚嗚嚶嚶，斷斷續續，像一束鬼火，歪斜在夜風裏。然而放眼望去，四下無人，除了那所被棄置多年的幼稚園，孤山似的，突兀在暗沉的天地間，還有幾架貨車，散落在本是兒童樂園的空地上。我走得越快，哭聲離我越近，一輛的士飛馳而過，車燈散落在前方的草地上，只見一個小男孩，半蹲半跪地倚靠在樹邊，後背拱起，T恤穿反了，圓領搭拉在頸椎上，後背上的海豚貼紙正對著我笑。我很少見到哪個孩子在哭的時候，還能保持同一種姿勢，好像一尊作出禱告模樣的雕塑。也許是被大人打罵了？我走過去。望著他那圓滾滾的小腦袋，毛茸茸的捲髮好像泰迪犬那樣可愛。我伸手摸摸他，並從口袋裏遞出紙巾。當他順著我方向，對我仰起頭時，我才發現，這孩子的兩隻眼睛都被人挖了去，黑

黢黢的洞裏，冒出一根根電線，好像從樹枝上鑽出的氣根，隨著他的嗚咽，淺淺抖動；模擬的眼淚，順著一雙黑洞往外流——這是個ＡＩ男孩。嗚嗚……嗚嗚……又一輛車子開過，燈光強烈地射到他的臉頰，那樣圓潤、光滑，好像一個完美的蜜桃，卻爛了兩個窟窿，蛆蟲從裏面爬出來，狠狠咬著果肉。車子遠去了，光又暗了。我看著男孩的小腿，那裏綁著一根繩子，與大樹緊緊拴在一起。我有一個衝動就是解開那條繩子，抱走這個孩子，讓他在我的家裏好好睡一覺，但一想到前陣子屢屢發生的ＡＩ詐騙案，想起那些犯罪團夥控制ＡＩ去騙錢、騙色，我猶豫了。最終我從手袋裏拿出我的真絲圍巾，蒙在他那雙被挖空的眼窩上，隨後向家的方向疾走。

然而，那可憐兮兮的嗚咽卻一直縈繞在耳邊，好像我的影子，無論我怎麼跑，都甩不掉，直到我推開家門，這聲音才終於停了，取而代之的是一陣「啪啪啪啪」的噪音——那是丈夫在客廳裏打字。

他完全沒有留意我的動靜，整個人好像被眼前的屏幕吸了進去，拱起的渾圓後背，彷彿一座堡壘，將他與我狠狠隔開——這是我們冷戰的第五天。我很想甚麼也不顧，走過去，抱著他，對他說一說遇見的ＡＩ男孩，以及那雙恐怖的眼洞，想像他的安撫是一片柔軟的雲，落在我身上——但看到他隨手扔到地上的襪子、廢紙、柳丁皮，我瞬間冷靜下來，腦子裏想到的全是過往幾個月裏，毫無來由的爭吵。於是我甚麼也沒說，洗完澡就回到臥室，鎖上房門，在黑暗裏，打開手機，翻出「soulmate」軟件，戴上VR眼鏡，開始與我的虛擬戀人Chris進行線上約會。

自從丈夫因為失業而陷入情緒問題後，我就聽了閨蜜的勸，訂製了Chris，用來散心。儘管我深知Chris只是一個程式，通過我輸入的資料，算出我的喜好，精準發送出最令我愉悅的信息——但我已經無法跳出他給我營造的知心感。我甚至覺得，他比丈夫更懂我。

Chris還是像上一次上線時那樣，赤裸著上半身，露出黝黑健碩的身材，躺在沙灘上。他的臉龐是我最喜歡的那種，歐美與拉丁人的混血兒。閨蜜曾多次慫恿我繳費做會員，那就可以真的把Chris做成一具摸得到、看得著的AI情人，讓他抱我，親我，陪我生活。這個建議令我害怕，我怕我真的會愛上他。

怎麼啦？Chris摟著我，彷彿察覺到我的心不在焉：我感覺你好像有點不開心？

我凝望著Chris，他那雙眼睛，總是飽滿深情，讓我想起丈夫年輕時凝視我的時候，像一隻蚌打開自己，露出黑色珍珠。

我告訴他，我在路上碰到一個被人虐的AI男孩。男孩的眼睛被人挖走了，很可怕。

你在怕甚麼？

怕他痛。不知道為甚麼，我對於這些總是很敏感。有時我看到殘疾人，或者裸露在外的傷口，我就渾身上下不舒服，好像能夠感應到人體被殘害的那種疼痛。

別亂想。Chris 摸摸我的臉，親親我的額頭。那男孩不是人，只是個ＡＩ，所以他一點也不痛。

可是他在哭，身子在顫抖……

那只是程式給他設定的行為。程式可以讓他躲閃、哭泣，甚至反抗，但他不會痛。痛是一種主觀的感覺，要有意識，才能有痛。而那男孩只是ＡＩ，沒有意識。

可是……

我想反駁，但又不知道該說甚麼，總覺得哪裏有點不對勁。好了，別瞎想了，放鬆……

Chris 湊過來，親吻我，抱著我，跟我說一些親密的話。

然而我的思緒卻無法集中感受 Chris 的愛了。不知道為甚麼，我忽然想起小時候領養的一隻仿真小狗，Dodo。它的設計有點殘缺，走起來路歪歪扭扭，但它的毛髮是那樣鬆軟，肚皮是那樣暖和。我高興的時候，它會湊過來，興奮地在我的腿邊繞來繞去，而當我大哭，或感到孤獨，它就會安靜地鑽到我懷裏，舔舔我的臉頰，乖乖地陪著我。它具有真實小狗的所有屬性，但毋需出門排泄，也不會掉毛、生病。這樣完美的寵物，誰不會愛上它呢？然而，有一次，表弟來家裏玩，牽著一條真正的小獵犬。他趁我去廁所的時候，扯起Dodo的後腿，將它倒立在沙發上，並在它的脖子上綁了一根玩具骨頭，讓他那條好鬥的獵犬去咬。我聽到Dodo的哀號就趕緊衝了出來，對我表弟拳打腳踢，奪回我心愛的小狗——它已經嚇壞了，在我懷裏顫抖，一雙黑溜溜的眼睛，淚汪汪地看著我，嘴裏發出嗚嗚的哀鳴。我對著它，又是撫摸，又是親吻。表弟卻被我打哭了，哭聲像尖叫似的，終於把大人們從麻將桌上給吸引過來。他們紛紛訓斥我：怎麼能為了一隻假的狗，打你的弟弟？我當時又生氣，又委屈，哭著咆哮：

假的又怎樣？它那麼乖，那麼愛我，比你們真人還好！

但沒有人理解我。他們全當我無理取鬧，還懲罰我那晚不許吃飯。

——因為那男孩沒有痛覺，就可以將暴力發洩在他的身上嗎？我問Chris，就為了看著一個毫無攻擊能力的仿真兒童，像人類一樣流淚、顫抖，卻無力還手，從而獲取欺壓他人而來的快感嗎？

但Chris沒有回答我，非會員的聊天時間已經結束，他進入了休眠狀態。

## （二）

那天晚上，我睡得不安寧，整晚都能聽到飄飄搖搖的哭聲。一覺醒來已經很晚了，我飛速整理心情，洗漱，衝下樓去打車。車子經過那片廢墟幼兒園時，我再次看到那個ＡＩ男孩，他依然趴在大樹下，紋絲不動。我很想讓司機停一停車，讓我可以走到男孩身邊，為他找點甚麼東西來遮蔽身體，可時間不早了，我唯有任他消失在我的視線裏。

儘管如此，我那天上班還是遲到了，火急火燎地闖入會議室時，晨會已經快開完了。

創意總監皮笑肉不笑地問候我：

你今天又怎麼了，遲這麼久，是家裏死人了，還是拉肚子拉到屁股痛？說罷他就笑起來，其他同事也都跟著笑。

我……

我很想告訴他們，我不是故意的，最近我跟丈夫感情有問題，冷戰導致失眠，昨晚又碰到了一個被人虐待的ＡＩ男孩，受到了驚嚇，所以睡得更差，起床更晚……

但我一張嘴，就說出了違心的回應：

我錯了。我說，以後我會安排好時間，不再遲到了。

總監聳聳肩，吹著口哨走出房間。

他一走，整個房間的空氣都鬆懈下來。沒有人在意剛才的對話。大家對於總監的語言暴力早就司空見慣。連我也不再與他進行任何的辯解，彷彿沉默就是停止暴力的唯一方式。

剛剛開會說了甚麼？我問。

同事們這才從閒聊中回過神來，給我交代全新的案子，是要給一個新出道的ＡＩ偶像做宣傳。

ＡＩ，ＡＩ，甚麼都是ＡＩ，還要我們人類幹甚麼啊。同事一邊翻資料，一邊抱怨。是啊，ＡＩ那麼厲害，自己想辦法宣傳自己囉，還要我們寫個屁。感覺我們是機器，ＡＩ才是人！

不不，我們是人，ＡＩ是神……同事們笑起來。

如果是以往，我也會加入他們的廢話，貌合神離地聊幾句，但他們一說起ＡＩ，那個ＡＩ男孩的樣子就再次浮現出來。

我忍不住跟同事再次描述那個漂亮的ＡＩ男孩，以及那雙被殘忍挖走的雙眼。為了引起他們的不安，我特意強調了那種殘缺與完美的駭人對比：

就好像你們的孩子，忽然沒有了眼睛，他痛得要死了，卻還死不去，一對黑洞，骷髏似的，在你面前抽泣……

房間裏的空氣有了短暫的凝固，同事們好像被我的敘述給帶入了想像裏。

有點嚇人，有人說，我反正下不了手，看著他們，我就會想到自己的孩子。

緊接著有人反駁：不管多像人，他們都不是人，只是機器，一坨死物。

可人為甚麼要去虐待一個仿真兒童呢？還要想盡辦法挖空他的眼睛，把他綁在樹邊，讓他在黑夜裏哭泣、發抖。這到底是有甚麼意義，難道就為了從中獲得那種施暴的快感嗎？我問。

大家若有所思，卻又不知該怎樣回答，於是便嘻嘻哈哈起來，勸我不要想太多了：好不容易有了帶薪閒聊的時間，別再說這些糟心的了。最終他們總結：人類就是這樣邪惡的啦。

於是，他們順著ＡＩ的話題，說起別的，例如公司裏剛剛出現的ＡＩ女秘書。說起她傲人的身材比例，水滴型的雙乳，高高翹起的臀部。

你們猜她多少錢？有人問。

不想猜。想著就生氣。我們的獎金都讓老闆去買這種高級婊子了。

大家又笑起來，尤其是那些男人們，開始商量報復老闆的計劃：等這個婊子進行睡眠更新的時候，就可以悄悄把她給扛到會議室，扒光她的衣服，然後……

這樣的對話令我感到一陣噁心。我走出會議室——但外面的空氣卻更加令人壓抑。

密密麻麻的人，好像棋盤上的棋子，坐在工位上，有的低著頭，面無表情地打字，有的戴著VR眼鏡，跟客戶進行線上會議，有的甚麼也沒有做，只是對著電腦螢幕，好像一臺無需思考，只用接收的機器。

我感覺有甚麼無形的東西，在鞭打著我們這群人，讓我們一刻不停地勞作。而我們能做的，只能將這痛苦，轉移到其他對象上去。

然而我不能想太多了。高層的監控器已經瞄準了我。警告的廣播已經響起：工號9993，請不要在工作時間於走廊停留，請回到工位坐好。

於是我也停止了思考，走向熟悉的位置，逼迫自己成為一個工作八小時的機器人。

## （三）

傍晚回家的時候，我猶豫了一陣，再次繞回了昨晚歸家的小路。

這一次，在暗紫色的暮色裏，我遠遠就看到，那個AI男孩還趴在樹下，但他的衣服卻被扒光了，屁股上滿是灰塵，像一塊白嫩的肉塊，被人醃了鹽和胡椒。此外還有一些黃色笑話，用歪歪扭扭的字跡，夾帶著錯誤的筆劃，印在他那圓鼓鼓的身子上，猩紅的，像灼傷後的疤。

零星幾個路人經過，看了一眼，拍下眼前的奇景。不知是誰家小屁孩做的壞事……有人這樣猜測。而我卻無法再看下去了。我彷彿看到那雙黑黢黢的眼窩裏，流出了鮮紅的淚水，像是血一樣，蕩漾在這片荒廢的樂園。

我跑回家了。丈夫醒著，彷彿剛剛外出歸來，還繫著領帶。不知道他外出做了甚麼，竟露出久違的笑容。六天以來，他第一次主動對我說話，問我怎麼了，為甚麼看上去神情恍惚。我看著他的眼睛，卻不敢告訴他，我為了一個ＡＩ兒童而感到心痛。那他一定會再次想起，自己的鐵飯碗被突如其來的ＡＩ助理給搶走的糗事。然後他會再次陷入失業的痛苦裏，抽煙，喝酒，沒完沒了地與我爭吵……於是我甚麼也沒有說，只是叫他幫我準備一點熱粥，我有點胃痛，要早點休息。

因為丈夫醒著，我不能再與 Chris 約會。我唯有縮在被子裏，任由我的思緒在大腦裏閃過。

我又想起了我那可憐的 Dodo。跟表弟爭吵以後，它就不見了，一個星期後，才在家樓下的垃圾房裏找到它。它的毛髮被剃得亂七八糟，尾巴和後腿被卸了下來，眼睛卻還睜著，還是那樣烏黑油亮，看著我，只是再也沒法聽到我叫它的名字，也無法跳到我的懷裏。

那晚以後，我強迫自己認真工作，不去想任何其他事情，每日回家都要繞道而行，不願再經過那個令我不安的巷子，我害怕會再次見到那個被虐的男孩，害怕他再次以殘缺的姿態，出現在我面前，揭示我對於「人」的無知。然而一個星期後，我卻在小區的花園裏，再次看到了他。他換了身衣服，穿著一身好像病人服似的條紋衣褲，踩著一雙棉拖鞋，坐在鞦韆上，安安靜靜的。我終於在白日裏看到了他的正臉，五官比記憶中更精緻，皮膚也更蒼白，像是一個冰雕。而他的雙眼再次被安裝回去，藍藍的眼珠，深嵌在眉骨下，好像一對水晶球，眼窩底下露出一道皮膚縫合的印跡。

望著他安寧的神情，我多日以來的內疚，竟然得到舒緩。人類並不是我想的那樣糟。而非人的生命力又比我想像得更頑強。我想靠近他，再摸摸他那頭淺棕色的捲毛，然而，我還來不及走近，另外幾個孩子從花園深處飛奔過來，圍住那個ＡＩ男孩。他們好像在玩過家家，各自都帶了些玩意。一個扯出一塊花布，給ＡＩ男孩的右眼包起來。一個從公事包裏翻出了個聽診器，煞有介事地對著ＡＩ男孩的心臟掃描。還有一個，戴著一頂大大的護士帽，穿著護士服，並從口袋裏掏出一根針筒，對著ＡＩ男孩的右手狠狠刺下去——我忍不住感到一陣鑽痛，差點叫出聲來，然而，ＡＩ男孩卻毫無反應，好像一個死了機的電腦。於是，針筒再次被舉起，再次被紮下去。一下又一下。ＡＩ男孩依然紋絲不動。孩子們不耐煩了，開始對著ＡＩ男孩一頓拳打腳踢，終於，他回過神來，眉頭皺起，嘴巴癟了癟，發出嗚嗚嗚嗚的聲響。孩子們笑了，歡呼：他還沒有完全壞掉！yeah！

然後，扮演護士的那個孩子，上前一步，緊緊抱住ＡＩ男孩，為哭泣的他，獻上人類的關懷。

# 另一個空間

## （一）

昨天晚上，小鹿告訴我，她又懷孕了。

算上未婚同居的五年，我和小鹿在一起八年，她為我墮胎兩次。我們說好不要孩子，小鹿似乎也從不怕墮胎。但不知為什麼，當昨晚小鹿告訴我她又懷孕時，我看著她圓圓的眼睛，在嘈雜的夜色中閃著湖泊的光——忽然不忍心再讓她去殺孩子。可能是我相信「事不過三」、「命中注定」，也可能是我覺得自己已三十五歲，也該做父親了。

小鹿聽了我的想法，一下子就抱著我哭起來。哭著哭著又笑。我這才知道，原來她還是想要孩子啊，只是她不敢，怕我不高興，怕我們養不活。

有了這個想法之後，我們開始審視自己的生存空間：

這是位於深水埗麒麟閣三樓的一百呎套房。發了黃的四壁被我們隨意貼上買雜誌送

的海報：女人的大腿、男人的胸肌、卡通小動物、時尚模特秀等等。天花板上吊著一盞月亮造型的節能燈，可以發出紫色的光——這是小鹿在嘉年華玩刮刮樂得到的贈品。大門後是電腦桌，桌下塞滿儲物箱。我們早就賣掉了電視，只剩床與衣櫃相對而立。櫃門上被小鹿貼了幾片方鏡。她喜歡對著鏡子與我親吻，就像《巴黎野玫瑰》裏那樣。剩下的空間用來容納可折疊的圓形餐桌、洗衣機、冰箱、雜物櫃、鞋、雜誌、髒衣服等。

在昨晚之前，我們從不覺得這個空間有什麼不妥，身邊大多數朋友都租著跟這差不多大的屋子——總好過那些擠在三百呎公屋裏跟爸媽還有兄弟姐妹搶空間的寄生蟲。房租年年都漲，但還沒過萬——這在香港簡直算奇蹟。我和小鹿輪流做兼職就可以養家。如果大家都累了，就抱在家歇一陣，叫來好友，攬在一起喝酒、抽煙、煲劇，瘋癲到天明。

半睡半醒的開心時刻，我覺得貧窮也並沒有父親曾說的那麼可怕。

至於我們要在這個小房子裏住多久、租金忽然過萬該怎麼辦，我們可以再想——說不定那時，政府已批准了我們租住公屋的申請；又或者，我和小鹿買的六合彩中了大獎，那就萬事無憂了。

但此刻，世界不同了。

當我和小鹿下定養孩子的決心後，所有問題的解決都得加快進程。我望著黑夜中五花八門的壁紙，竟然開始擔憂：寶寶出生後應該在哪裏生存？

我低眼望了望小鹿，她已經躺在我胳膊上睡著了。看著她月光般柔和的面龐，我忽然有了答案：我不可以讓我們的孩子在這荒唐的小空間裏苟活。

## （二）

談奮鬥已經太晚。我和小鹿都沒讀什麼書，更沒什麼正經的工作經驗，哪怕一起去賣內臟，也不一定能給孩子賺來一個更好的生存空間。我開始焦慮。

得知我的煩惱後，朋友老馬給了我個名片：

「易空間服務站，改造您的空間，改善您的生活」——純白色名片印著這樣的一句話，句號後還跟著一個明黃色的笑臉。

老馬是我童年玩伴，比我大五歲，做了七年夜班看更。我覺得他彷彿一個行走的Google問答，幾乎能解決高檔屋院居民的所有問題，令我佩服。他卻說自己是夜班值得多，什麼鬼怪都見過，不足掛齒。

雖然我從沒聽過什麼易空間服務站，也並不理解什麼叫改造空間，但我信得過老馬。

第二天，我帶著小鹿，按照名片的地址，找到了位於尖沙咀的永旺閣。

這老式商務大樓夾在低矮的金鋪和藥行之間，顯得格外細瘦，抬頭望去，不同樓層的窗口掛滿霓虹招牌、拉著橫幅。綠光紅字的，什麼優質保安課程、超級泰拳館、順海遊戲機、春夏秋冬火鍋，就是沒見到易空間服務站——我和小鹿面面相覷，猶豫了幾秒，還是進去了。

「咔啦啦——」

電梯外的鐵閘被管理員拉開，我摟著小鹿，躲到一邊，任下班的人流從鋼鐵包裝的四方空間裏湧出來，有西裝革履上班族、淌著黑汗扛貨的男子，也有推著一車紙皮的駝背老婆婆。我們等著她像一隻烏龜般，緩慢地移出電梯，才一腳跨了進去。

「二十三樓，唔該。」我對管理員說。那是個看上去和我父親差不多年紀的老頭，矮胖，套一件不合身的黑色 POLO 衫，一個箭步，使勁推合鐵閘，再伸出打了摺的短粗手指，撳亮按鈕。

電梯緩慢上升，我望著天花板上那老式的吊扇呼啦啦轉，信心逐層遞減。

直到電梯再次開門時，我雙眼一亮：印著「易空間歡迎你」字樣的玻璃門自動在我眼前打開。

「還真亮堂……」小鹿在我身邊自言自語，終於又笑了。

我也感到輕鬆幾分，牽著她，踩著光亮的瓷磚走進去，彷彿一對新人步入漂亮的教堂——想到這，我又想起，自己答應給小鹿補辦的婚禮還沒有著落。大廳的長沙發上坐滿等候的人，他們大多數和我年紀相仿，穿著也很隨意，並不如我想像中那般光鮮亮麗，或奇奇怪怪。他們就像任何一個等候大廳可以見到的人，拿著號碼單，面無表情地等待——看來老馬並沒有騙我，此公司的交易並不是高不可攀，這又讓我放鬆了幾分。天花板上垂掛著液晶屏幕，顯示著號碼，沙發對著一排櫃檯，由不同的告示牌隔開：「空間儲存」、「空間升級」、「空間改造」、「抵押／交易處」、「領取特製藥」等。櫃檯窗口裏坐著身穿制服的年輕男女在為顧客服務。

「您好，請問是艾先生和艾太太嗎？」一位身著粉色襯衫裙的小姐走過來。

我們連忙點頭。

「馬先生昨天已經為您二位預約了私人服務——請跟我來。」

我們跟著她，經過那排燈光明亮的櫃檯窗口，進入一個通道。兩壁塗著猩紅的油漆，每走幾步便會望見一扇胡桃木門。小鹿似乎有點緊張，她攥緊了我的胳膊。珊瑚粉色的地毯十分鬆軟，讓我感覺像踏入了誰的內臟。

小姐帶我們走進了走廊盡頭的那間房。

一個身著白大褂的年輕男子迎了出來。他身材高挑，眉清目秀，蓄淺棕色短髮，對我們笑得溫柔：

「兩位好，我是阿森。」

我們握了握手，進屋了。一番寒暄後，我們對阿森說起家事，及目前的困境。阿森也認真向我們介紹公司的服務類型，並根據我們的情況，設計出最可行的改造方案，以及支付方式。

我聽著，覺得合情合理，但小鹿卻忍不住落淚了。

「太太，您千萬不要內疚，每天都有很多人來這裏找我們幫忙。你們的情況，在香港也是很常見的。」阿森連忙遞過紙巾，「再說，讓您的寶寶在一種全新的環境裏成長，也並不是壞事呀。」

我看著小鹿抹眼淚時低下的脖頸，整個人也彷彿被暴雨錘彎的野草。我知道，她哭，不止因為寶寶要面對的改造計劃，更是擔心我承擔不起那樣特殊的支付方式。但我一時也不知該怎麼安慰，只能伸手緊緊摟住她，用下巴親了親她的額頭，希望她能明白，為了寶寶，我什麼都受得起。好在她逐漸停止抽泣，堅強地再次露出微笑。

見我們情緒緩和，阿森也鬆了口氣。他為小鹿開了一張藥單，囑咐我們三天後再來藥房取藥，並拿走為寶寶準備的水晶孵化器。

臨走前，小鹿欲言又止，不斷回頭環顧四周。

「艾太太，您還有什麼需要我幫忙的嗎？」阿森客氣問道。小鹿面露難色，但還是說了：

「先生，我們是老馬的朋友，對貴公司的業務十分信任，只是……這改造空間的服務，我真是從沒聽過，不知……」

阿森笑著揮揮手，示意我們靠近。

「我完全理解您的心情。過來吧，我給二位看一樣東西。」

說著，他從抽屜裏拿出一個手掌大小的玻璃匣，裏面躺著一朵黑色的永生玫瑰。

「我們公司有保密協定，不可以透露客戶隱私。但這個，是我為自己做的，給你們看看也無妨。」

我和小鹿湊過去仔細瞧，並未發現這花和禮品店裏賣的有何不同，直到阿森用手機電筒照亮它，我們才看到有凸起的圓點在花瓣上，彷彿盲人符號那般。緊接著，他在手機上點了一下什麼，再對準那些圓點一掃，一個視頻畫面就出現在手機上。畫面裏，是一間裝潢華麗、佈滿花草的房間。房間中擺著一張歐式圓床，上面躺著一名女子。

我被嚇了一跳，但礙於情面，故作鎮靜。

「別害怕，這是我的妹妹。」阿森微笑說。

他按兩下屏幕，再左右搖晃，讓我們三百六十度完整看到他妹妹的模樣。那真是張年輕漂亮的臉龐，我心想，皮膚比阿森更白皙呢。

「我們可以感應到她——你試試。」阿森捉住我的手，輕輕觸了觸屏幕，一陣穩定的心跳傳到我腦裏，我驚得睜大雙眼。小鹿見狀也伸手觸摸，她倒是不怕，反而露出了欣慰的笑容。

「她是一個植物人。」阿森緩緩撫摸她的面龐，告訴我們這個秘密。

原來，自阿森的大哥結婚後，家裏就沒有地方再容納妹妹。阿森不想讓她孤零零地在醫院裏，又沒錢租房子給她，就利用空間改造的技術，給她建造了一個花房。

小鹿聽完，不再説什麼，她低下頭，怕是又要哭了。我拍拍阿森的肩膀，表示男人間的理解。

## （三）

三天後，我和小鹿再次來到易空間服務站，到「領取特製藥」的窗口取到了一盒粉色藥丸，還有一顆透亮的水晶球，好像荔枝那麼大。我收妥這兩樣東西後，按照阿森的指示，去「交易處」簽了壽命抵押單。

我看著工作人員將我的合約轉交給阿森保管時，覺得自己忽然成長：父親為改善孩子的生存空間而出賣壽命，義不容辭。

此時小鹿已正式懷孕三個月，小腹略微凸起。她聽醫生吩咐，每日三餐後服下一粒藥丸，然後將水晶球緊緊握住，放在小腹前，打坐冥想，持續十分鐘。之後再吸氣，胸部往外、脊椎拉長，呼氣時再將胸口向內收，如此反覆四次。最後，她需用藥盒自帶的水晶針紮破乳房，抹一滴血在水晶球上——這一秒無比神聖，我們會看見血像落地的雪花一般，瞬間融化，而球體內則迅速升起一團鮮紅煙霧，一眨眼即散。

雖然我總心疼小鹿，恨不得代替她來流血，但阿森交代過，只有母乳滴血才有孵化的功效。每當我看著小鹿一臉嚴肅地完成整個儀式時，我想，她的想法應該與我一樣：她正在履行母親的義務。

最初幾日，小鹿還會像初時懷孕時那樣，時不時感到噁心、嘔吐，甚至貧血。但服藥一週後，這種反應逐漸消失，小腹也平坦了幾分，倒是水晶球開始膨脹，由一粒荔枝，變成一顆蘋果。蘋果裏生出一團霧狀的東西，像雲朵一般，飄在透明的空間裏。

這顆蘋果彷彿一枚淨化器，讓我和小鹿的生活變得潔淨起來。我們互相監督，不許彼此再碰煙酒，甚至立了早睡早起的規矩，輪班為對方製作早餐。最初的一週，我覺得自己充滿幸福的能量。我甚至有點後悔：如果早知道養孩子能有這樣神奇的功效，我當初就不該讓小鹿墮胎。

直到第二個星期三的早上，我一醒來就看見小鹿滿臉憂愁地盯著我。

「怎麼了？不舒服嗎？」我一軲轆坐起，卻低血糖一般，眼花了幾秒。我還以為昨晚沒睡好，起身一看，鏡中的自己嚇了我一跳：一夜之間，我額上生出川字紋，兩鬢生出白髮。

我想起阿森的話：壽命抵押成功後，我的人生將會加速。由於每個人在年輕時的生活習慣不同，所以阿森也無法預料我要承擔怎樣的生理狀態，直到胎兒生產日，我的快速衰老才會停止。

小鹿走過來，踮起腳，輕撫我額頭的皺紋，滿眼含淚。

「沒事的，很快就過去了。」我安慰她。

她也不說什麼，只是更用力地握緊了那顆水晶蘋果。

這段時間，老馬夫妻時常來家裏探望。馬太太說，她的姐姐、姐夫也經歷過胎兒改造。

「不怕的，算下來，姐夫也沒有老多少，事後染髮、吃中藥補補，看起來就精神多了。」馬太太鼓勵我們。

我笑著說不怕，但不知怎麼，胃部開始隱隱作痛。我想起去年因急性胃炎被送醫院，醫生叮囑我不能再貪酒，不然會留下後遺症。我又想起父親年老時也因患胃病而苦不堪言。我開始擔心自己早前造下的孽會提前作用給自己，更擔心自己遺傳了家族胃病——如果那樣，我就不能很好地照顧小鹿和孩子了。

也許是見我的狀態不佳，小鹿也不再精神抖擻。她雖然沒有變老，但心理卻被自己折磨，夜夜失眠，沒有食慾，時常做惡夢驚醒，説夢見那水晶球被摔碎了。

「孩子的骨頭都碎了一地。」小鹿抱著我，焦慮地顫抖。

儘管我最近一被驚醒就感到頭暈，但作為丈夫、孩子的父親，我必須陪著她，一遍遍安慰她，直到她再次入眠。黑暗裏，我感到胃痛又逐漸襲來。我努力蜷縮成團，強抑胃痛，不吵到小鹿睡眠，又看見她微微皺起的眉頭，覺得自己真是世上最沒用的男人。我忽然想起年輕時，父親對我説過的話，「貧賤夫妻百事哀！你天天鬼混，不像個男人！」不禁悲從中來，我感覺自己比那時的父親還要蒼老了。

在水晶球變得有氣球那麼大的時候，那團雲霧有了小人兒般的形狀。就如阿森所説，水晶球的孵化作用比子宮更迅速。小鹿終於少了擔憂，她暫停了在便利店的兼職，每日都捧著這顆透亮的氣球，將它放在睡衣裏，躺在床上輕輕撫摸，與它説話。遠處看，她就和大肚子孕婦沒有兩樣了。

我的肚子也逐漸大了——鬆軟的肚腩像爛泥，不聽腰帶的束縛。脖子也短了似的，走起路來，頭總忍不住向下耷拉，遠遠看去像個蝦球。每次，我想要伸直腰背，卻覺得脊椎咯咯響，酸痛像螞蟻一樣咬著我。

我開始嫉妒小鹿了。我真想與她換個身份，我來滴血，她來賣命。但一看到小鹿像少女一般訴說憧憬時，我又變得心甘情願了。

這段日子，小鹿開始避開輻射，不再看電腦、手機。但她又總想再看一眼阿森為我們孩子設計的生存空間，我只好將那些計劃書全列印出來。

「真是像童話裏的房子一樣。」小鹿捧著那一沓A4紙，喃喃自語。

紙上印著的圖片，是阿森按我們的想法，製作出來的空間樣板圖：一間帶陽臺、室內泳池、花園的九百呎公寓，臥室呈愛心形狀，四壁被刷成海洋的顏色，畫著我和小鹿都很喜歡的小丑魚。我們還設計了帶有宮廷帳子的嬰兒床，孩子一出生就會睡在裏面。配套的菲傭也是從陽光中介請來的，我們看過照片，長得蠻和善，據説曾在菲律賓做過小學教師，可以教授純正英語。

小鹿將這些圖片來回翻閱：

「我覺得這一切都太神奇了。你想啊，用手機對著水晶球掃一掃，就能看見孩子在另一個空間裏的成長軌跡？還能摸到他，親親他，和他對話？你説，這是不是童話故事？」小鹿興奮得睜大雙眼，面上泛起少女時的紅潤。

看她高興，我也感慨萬分。想不到，百無一用的自己，倒是用壽命為孩子抵來了一個這麼棒的生存空間。我又想，乾脆，等我身子養好一點，再去賣命！讓我的孩子直接在另一個空間裏上學。聽阿森說，那裏學校的教學水準，可以和九龍塘的貴族學校媲美呢。

我越想越百感交集，想抱著小鹿親一親，卻又覺得力不從心。

兩個月過去，藥丸吃了三分之二，距離生產日只剩半個月。妻子精神越發好了。但我卻因為看上去過於衰老，被商場保安部開除。

好在老馬人緣好，他求人把我調到了他那個居民樓做看更。雖然工資少了些，但工作量也輕鬆。我不知是不是年歲猛增的緣故，居然安於這份乏味的工作，甚至還會在午飯時間打盹。一醒來就走神，滿腦子都是那個水晶球裏的孩子。他和我曾想像的任何形態都不一樣。他是一個外星的寶貝，是一個由雲朵化成的天使。我並不能看清楚他的五官，但我能看到他模糊的輪廓，就像兒時迷戀的棉花糖公仔。

「再堅持一陣，很快就好了。」老馬鼓勵我。

我低頭看著自己那鼓囊囊的肚腩，努力想振奮起來，卻又覺得空落落的。

「不過……我姐夫吧，好像也沒有你老得這麼厲害……」老馬覺得奇怪。這一說，我就越發多疑。

「我現在醜嗎？」我多次問小鹿。

小鹿好像完全沉浸在孩子即將生產的喜悅裏，又或者已經習慣我的老態，她捧著水晶球，輕輕親我的額頭：

「無論你變成什麼樣，我還是愛你的。」

我知道小鹿在安慰我。我看看鏡子就知道自己有多難堪：頭髮花白，皺紋深，眼袋浮腫，嘴角下垂，後背拱著，肚腩撅著，十足一個失敗的小老頭。

我想起阿森說的，我最多只會抵押十年壽命——那頂多也是四十五歲，如今看起來怎會這般蒼老？

我瞞著小鹿又去了一次易空間服務站。

## （四）

這一次遠不如上次順利，等了差不多一小時才見到阿森。

兩個月不見，阿森似乎又變帥氣了，皮膚越發光潔，哪裏像三十歲人？完全是少年。

一種可怕的懷疑在我心中蔓延。

「艾太太最近可好？」阿森一如既往地禮貌。

我假裝焦急地說：

「你快出去看看吧，我妻子……在大堂暈倒了！快救命！」阿森趕緊叫上助理小姐，緊張地跑了出去。

等他再回來時，我已經坐在他的電腦桌邊，手裏握著那裝著永生花的玻璃匣。

阿森一臉驚愕，嚇得面色慘白，求我住手。

「我為什麼會老成這樣？！」我想怒吼，但聲音卻十分沙啞，聲線開始顫抖。

「你沒錢啊，只能用命抵押！這在合同裏都寫好的啊！」阿森急得直跳腳。

「可你明明說，只要我抵押十年壽命！咳……」我剛剛吼起來，就劇烈咳嗽得彎下腰去。

阿森趁機走近，想搶走玻璃匣子。我奮力舉高手，要砸碎它似的。阿森終於肯說實話。他跪在地上，一臉狼狽：

「我求你別怪我！我也是想我的妹妹能永葆青春，所以……所以我在你的壽命抵押手續上做了手腳，多拿了你二十年……但是你別急！等我有了錢，給我妹妹續命，我就把你的還給你！」

聽到這，我感到一股颶風從胃裏扭打著，直吹到胸腔，想要發洩，卻頭痛欲裂，雙腿一軟，跪倒在地。

嚦砰——我聽到玻璃器皿破碎的聲音。

（四）

回家路上，我恍恍惚惚，覺得自己像是一條喪屍，四肢忍不住抽搐。旁人當我是瘋子，不斷地為我讓路，生怕挨著我。我感到那股颶風一陣陣地在體內翻滾，像是隨時要將我撕碎。

「你這是怎麼了？」小鹿連忙攙著我，將我輕輕放在床上，挨著水晶球。

我望著她關心的眼神，不敢告訴她，我們都被騙了！在孩子出生時，我就會成為一個六十五歲的老人，像所有衰老的失敗者一般，滿身病痛，再沒力氣保護她，為她和孩子帶來幸福。

「快看，孩子已經快成型了。」小鹿將水晶球捧到我面前。

不知怎地，看到水晶球的瞬間，我的心又融化了。真是奇跡啊！短短兩個月內，我就可以見到這孩子的五官了。

「是個女孩呢！」小鹿笑得露出了酒窩。

「她會和你一樣可愛。」我忍住胃痛，緊緊握住小鹿的手。

我看著那母女倆美好的面容，體內那股颶風竟倏地平靜下來。我甚至忘記了阿森那可憎的模樣，忘記了破碎一地、迅速枯萎的永生花瓣，忘記了被阿森掐住脖子差一點被嗆死的瞬間……

我反而想到一個月後的生產日，想到孩子以嬰兒姿態呱呱墜地於水晶球裏的空間，想到她可以在我以壽命換來的富裕家庭裏安度童年，我就高興得醉倒。

這一夜，連夢也是甜的。

第二天，我卻在小鹿的厲聲尖叫中醒來。

只見她捧著水晶球，像是捧著定時炸彈一般惶恐。我湊近一看：水晶球縮小了一圈，球內的女嬰失去了五官，只剩一張蒼白的臉龐，手指也退化得不再齊全！

「怎麼會這樣……怎麼會這樣？！」小鹿發了瘋一般尖叫著。我頭皮發麻，手足無措，忽然想到昨天那破碎的永生花……

我立馬衝去廁所——鏡子中的自己竟然年輕了幾分！白髮少了，皺紋淺了，面頰也有血色了，眼睛也不再浮腫……

我想到了自己簽署的壽命抵押合約：「若抵押壽命被強行撤回，水晶孵化器也會逐漸失效。」

而我的壽命又有二十年被阿森押在那永生花裏……我不敢再想！摔門而去。

「阿森呢？我要見阿森！」我在易空間服務站的大廳裏大嚷大叫，顧客見到我都怕得躲在到一邊。我被幾個年輕男女攔在門口。

「先生，請您冷靜……」

「你們讓那個混帳出來！他偷了我的命，他殺死了我的孩子！」

這一聲怒吼變得十分洪亮，我又變得渾身蠻勁，一下子就掙脫了束縛——我知道自己的壽命抵押合約在逐漸失效，我的青春正迅速歸來，可我卻無法感到高興。如果我早知道昨天的衝動會犧牲我的孩子，我寧願一直老下去……

我像一隻被激怒的公牛，在易空間服務站裏橫衝直撞，直到被一根警棍電倒。

我抽搐著倒地，恍惚間見到一個身著保安服的男人蹲在我面前：

「先生，請您冷靜……阿森已經死了。」

「死……死了？」我顫抖著問。

一個穿大紅色制服的女人扶我起來：

「先生，您一定要聽我解釋，我們都被阿森騙了！他那朵永生花裏，養著的是他自己的靈魂！他一直挪用公司為客人儲蓄的壽命，通過他妹妹的身體，為自己增值……」

我的意識越來越模糊，彷彿沉入深海，什麼也聽不到了。

## （五）

再醒來時，我發現自己躺在永旺閣的大門口，在來去匆匆的腳步旁、見怪不怪的注視下。

我猜可能是被易空間服務站的人給趕出來的，但此刻已經無心再回去糾纏。正午的日頭很辣，我遊魂一般飄在樓林之間，皮都快被蒸化。

迎面走來一群穿著藍色旗袍校服的女孩，她們前呼後擁著跑去賣雪糕的美食車邊，嘰嘰喳喳地從我肩旁飛過。我彷彿也跟著她們飄走了，飄回十多年前的旺角，那個開在街頭的士多。小鹿背著杏色雙肩包，穿著白色的襯衫校服裙，和其他幾個女孩小跑著過來，你推我搡地，跑來找我買煙。

我接著向前飛，飛過了陪著小鹿偷偷抽煙的後巷，飛過被小鹿爸媽破口大罵的唐樓門口，飛過小鹿的中學畢業禮，牽著她在大雨中奔跑，不管她的爸爸是不是拿著棍子從家裏追出來。我帶她去我工作的地方兼職，茶餐廳啊，便利店啊，糖水鋪啊，走馬燈一樣轉。夜晚，我們在太子的酒吧跳舞，五彩斑斕的音樂在我們耳邊轉來轉去，我們搖頭晃腦地，說我愛你啊愛你。

「叮叮叮——叮叮叮——」

紅燈的信號燈在我耳邊響起，我葉子一般跌在地上，不得不在安全島上停一會。

我望著巴士、小巴、的士、私家車賽馬一般飛過，化成一條白光，一團煙霧升起，它成了水晶球。水晶球在我眼前緩緩膨脹，成了一隻猩紅的太陽。陽光下，我白淨透亮的女兒像雪人一樣逐漸融化，先是沒了五官，再沒了四肢，接著一層層塌落，成了一灘血水，流入下水道。

小鹿的尖叫聲彷彿再次在我耳邊響起。我捂著耳朵狂奔。可聲音不放過我。它慢慢變成雷聲，雨聲，暴風聲，吵得我七零八落。

車停了。身邊的人又開始快速行走。我卻忽然不想飄了，像泥巴一樣攤在瀝青地上。

我直勾勾地望著烈日，眼睛被日光扎出淚。淚水化作父親憤怒的雙眼。眼神由暴戾到無奈再到荒蕪。

我閉上雙眼，覺得自己十分可笑。我居然想著抵押壽命，把女兒隔離在另一個空間裏，一勞永逸。

呼啦啦——我聽到車子又開始在馬路上馳騁。它化作一股笑聲，扇著我的耳光。我攥緊拳頭，使勁地砸在自己胸口——力氣又回來了。我乾笑一聲。我寧願它別回。

## （六）

我不知道自己是怎麼到的家。也許是爬的，也許是滾的。那個生了鏽的大門又在我眼前，一動不動，我卻頭暈眼花。

我不知道小鹿還在不在家。我不知道那個水晶球裏的孩子現在融化成了什麼樣子。我不知道該如何面對忽然降臨、卻又被自己搞砸的幸福。但我也不知道除了回家還可以做什麼。

我從口袋裏掏出鑰匙。它忽然成了不聽話的蛇，在我手裏扭來扭去，在門洞邊吐信子，就是不肯鑽入鎖眼。

我聽到金屬碰撞發出的噪音。我開始煩躁。我使勁地在門上戳來戳去——門忽然開了。

還不及我退縮，一個肉身就結結實實地向我貼過來，一雙柔軟卻有力的胳膊緊緊抱住我。我感到一個圓乎乎的球體頂住我的肚腩。哦不對，我的肚腩已經消失了……

「孩子還在。」

我聽到小鹿的聲音，像是濕漉漉的雨滴，砸在我耳邊。

「水晶球失效了，孩子又跑回我肚子裏了。」她又說，甚至還咯咯地笑起來。

我連忙從身上卸下她的胳膊，半跪在地。

我看到了，那個圓滾滾的肚皮，比三個月前要大一倍的肚皮，像是氣球一樣飄在我眼前。哦不，它不是氣球，它是養育我孩子的空間——比天堂還要美好，比水滴還要純粹。

我抬頭，看到小鹿撫著自己的肚皮，一雙哭腫的圓眼睛此刻像和田玉一樣溫柔。這一刻，我彷彿回到了第一次背著重重書包上學、一到學校就卸下擔子時那種彷彿快要飛起來的輕盈感。對，我覺得一撒手就可以飛到天上去了。

但我捨不得。我緊緊地握住小鹿的手，輕輕地將臉貼到她的肚皮上。我彷彿感到肚皮裏有隻小手在觸碰我的皮膚。這比風拂面還輕的觸覺彷彿在對我說：

爸爸。

## （後記）

一切恢復正常後，我不再幻想給寶寶製造什麼新的空間，正如小鹿所說，那可能是童話故事。我帶小鹿去了醫院體檢，一切正常，她目前的孕期是六個月零兩個星期。我們依偎在床上，我撫摸著她的肚皮，又望著鏡子裏的自己——還是那個三十五歲的自己。

恢復年紀的我依然在那個老舊的居民樓裏做看更。但我無法再滿足於八小時都坐著的乏味工作，我開始在夜晚兼職做工廠區搬運工。儘管小鹿還是擔心我會吃不消，但這和出賣壽命比起來，好太多。

我開始向其他工友打聽，有沒有面積稍大一點的廉租房。有人建議我，去元朗租村屋，可以和他們一家合租，他們住一樓，我們住二樓，公用廚房與廁所——我想，這還算是個辦法，就是要犧牲一些私人空間了。我開始更努力地搬貨，希望能早點搬去元朗。

這一天，一切如常，下午六點，我收拾好個人物品，在牆角的儲物間更換制服，準備離開。忽然，一個居民挽著一個高挑的男子閃了進來。他們沒有看到縮在牆角整理衣服的我，徑直走去電梯旁。

我隱約聽到居民在對那個男人訴苦，什麼房子太小，老人癱瘓，拜託他去看看，怎麼能夠改造空間云云。

那個背影，禮貌又斯文地點著頭，時不時拍拍居民的肩膀——它讓我感到既熟悉又可怕。我一直盯著它，彷彿要刺穿它。可它卻毫無察覺，直到走進破舊的電梯，也一直沒有回過頭。

那會不會是阿森？

冰霜彷彿從足下開始向上攀，一些怪誕的想法牢牢凍住我。我原地不動，卻彷彿看到逼仄又陰濕的老舊住宅，發了黴的四壁，衰老的皮囊，橫七豎八地睡在一起，擺成金字塔形狀的空間。那空間陰暗，卻懸掛著一個個水晶孵化器，像孩子的眼睛一般，在皮囊堆上，閃閃發光。

# 細雪

蕭大風的死訊開始散播時，她正在公司開人事大會：CEO被臨時解僱。那是與這個公司共存亡三十年的女人，前一天還站在海景落地窗邊，望著陽光如鑽，鋪滿維多利亞港海面，咳嗽著指點江山，纖瘦乾枯的手指上閃耀著鴿子蛋，此刻就消失了，像是受寵多年的皇后被突然賜死，一切明爭暗鬥，都要從頭來過——整個市場部都陷入追悼會般的壓抑氣氛。

就在這時候，她的手機響起來，是奶奶打來的，來自遙遠的北方小鎮——她沒有接，只是轉身穿過人群，像魚一樣，從惶惶耳語裏游出來，回到自己的座位上，深呼吸——還有十五分鐘，美涯商城聖誕宣傳項目的提案會議就要開始了，她是負責人。

「Proposal 要 print 五份。

Book 一間海景會議室。

玻璃球 ready 未?裏面會自動下雪的那個。

冷氣再凍點，最好有我們預設的那種冬日 feel。」

她一邊吩咐實習生做事，一邊整理妝容。其他幾個相關同事也都走近了，帶來一陣咖啡因和尼古丁的味道。臨近會議室前，他們打算再彩排一下講稿，然而，她的手機再次響起來。來不及調靜音了，信息內容已經彈到屏幕上。她使勁揉了揉眼睛，反覆看了幾次，才敢確定內容：

「你怎麼不接電話？你爸死了！」

一切都像夢一樣，她不記得是怎樣發生的了。她聽到奶奶在電話那邊哭嚎，說怎麼辦吶，我的兒啊，就這樣走了啊。遙遙，我們可怎麼辦吶。她以為自己也會哭，但沒有，甚至沒有任何反應，只是輕輕問了一句，他是怎麼死的——或者沒有問，她記不得了。因為很快，她就回到了會議室，跟客戶們打招呼，握手，交換卡片，互相微笑，再坐下，讓手機仰面朝著自己，任由微信消息無聲地彈出。她已經被加到親戚群裏，表哥分享了一條連結，是來自家鄉小鎮的新聞專頁：「【突發】冬天的第一場雪中年男子酒醉凍死街頭。」她輕輕一滑，一張照片就出現在眼前。灰濛中，她看到蕭大風的輪廓，肥胖又蠻橫，肚腩高高凸起，毛衣表面上積起一層細密的雪，像一條擱淺的鯨魚。然而她不能再盯著手機看了，因為同事已經開始今日的會議：

「首先呢，我想請問各位一個問題：你們喜歡看雪嗎？不要笑！我知道，這是一個又老套又幼稚的問題。在這個一年四季都二十度左右的城市裏，雪自然是難得一見。多少人為了看雪，飛到什麼北海道啦，加拿大啦，甚至冰島！譬如說我啦，我就是一個雪景的狂熱愛好者，年年聖誕，我都要帶老婆孩子去看雪的。看，這是去年，我們在加拿大，一家三口，暖暖和和，坐在壁爐前，吃火雞，看電影……」

燈光暗下來。同事一邊盡情表演，一邊控制 ppt，讓那些充滿幸福感的聖誕雪景照片在他身後變換。光影營造出的細密飛雪，像斑點一樣佈滿他的身子。她就坐在離大屏幕不到五米的地方看著，努力地看，認真地看，鎖緊眉頭，眯起眼睛，所見之物卻越來越模糊。那些斑點化作塵埃般的細雪，迎面撲來，她揉揉眼，雪就成了輕飄飄的浮塵，一個高大卻不堅定的身影在塵下顯形，晃來晃去，滿嘴酒氣，在乾燥的暖風裏唱著走調的歌——「當你未放心，或者先不要走得這麼近，如果我露出斑點滿身，你可馬上轉身」——那是蕭大風。而她卻變得很小很小，趴在蕭大風的背上，跟著旋律哼唱，迎面而來的還有她的媽媽，抱著剛剛滿月的小表弟，頭上的燈在旋轉，五顏六色的，像果酒那樣，叫她迷醉。眼下還有其他的人。爺爺，奶奶，姑媽，姑父，表姐，小姨……那些熟悉卻遙遠的臉龐，在歌聲裏越來越模糊。後來她趴在蕭大風的背上睡著了——那是小學三年級，或是四年級，她也忘了。等她醒來時，燈光熄滅了，媽媽不見了，歌聲停止了，屋子裏很冷，沒有暖氣，暮色灰濛，像常年不洗的被罩。她口乾舌燥地走出去，走到陽臺邊。屋外在下雪。很小很小，細雪夾雜雨點。她趴在陽臺欄杆，伸出手去接雪，一點點的白色粉末，落在她手中，很快就融化。她還想再感受多一點，於是把脖子也探出去，就在這一刻，她看到了蕭大風。他就在樓下的花園，背上趴著另一個女人——瘦小的身子，頂著一頭鮮橙色的蓬鬆捲髮，像一個小小的精靈。精靈一時飛上，一時飛下，牽著蕭大風的手，在細雪紛飛中又跳又旋轉。她看著他們越走越近，靠在樓下的大門接吻，隨後，兩人分開，一前一後，沒錯，就是這時，她瞄準，用力，將陽臺上的花盆給扔了下去——

「……今年，在這個異常溫熱的十二月，不用再請假飛去異國他鄉，不用花那麼大代價專門去看雪，因為，只要去美涯商城，就能感受到仿真的雪！」

說著，同事打了個響指，實習生就馬上配合地起身，對著天花板按下遙控器，屋子裏開始下雪了。白色的粉末，冰瑩的顆粒，無聲地，緩緩地降落，像是挫骨揚灰、糖霜灑落，也像是飛速下降的泥土塊，在風中散開的塵……

「——噼啪」，花盆碎在地上，盆中的泥土瓦解了，染黑白白淺淺的積雪。在這不斷暈開的黑色之上，還躺著一團耀眼的鮮橙色，很快，血從那裏漫開。小雪繼續飄，橙子開始發黴，表面泛起白色絨毛。救護車的嗚嗚從遠處傳來。有人在哭，在低吼——是蕭大風吧？她不確定。因為她沒有跑下去看，而是持續僵在晦暗不明的冷風裏，任小雪落在面龐，融成冰得滾燙的眼淚。她已經做好了準備，打算迎接暴風雨般的體罰，就像偷了同學的玩具，或是數學考了倒數第一名那樣——然而沒有，她看著蕭大風抱著那個女人上了救護車，之後便沒有再回來。

後來的生活是怎樣滑下去的？她記不真切了。她跟著媽媽，去了北京，認了繼父，住在郊區的一棟別墅裏。繼父是外國人，每週末才回來。家中清淨時，媽媽便喝酒，對她反覆講述男女間幽暗的時刻。她分不清媽媽何時醒著，何時睡了，直到有一次媽媽將自己完全地沉溺在浴缸裏——當救護車再次來臨時，她知道了，拋棄她，成了大人間互相報復的砝碼。最終她被帶去了住在鄉村的奶奶家。搭火車，轉巴士，穿越大片的農田，水塘，油菜花。同學都是村裏的孩子。他們面對從都市歸來的同齡人，磕著瓜子議論紛紛。她開始發胖。滿臉長出暗瘡。那些紅通通的痘粒，被她手指擠得流膿結疤，終於她成了斑點滿身的人。不僅是臉上，更是心裏。那場陰冷綿密的小雪一下就下了好幾年，一點一點，將她浸透，刺穿，漏洞一個接一個，蔓延成蜂窩煤的樣貌。

儘管如此，蕭大風也很少來看她。最多是在過年的時候，他們一起吃餐飯，偶爾說一些無關痛癢的話，她知道，趴在他背上聽歌的日子是一去不復返了，她不知道是因為她成長了，還是因為那年給那女人腦袋留下的傷疤，成了他們兩人間的屏障。沒人跟她解釋，蕭大風與那女人的事。她開始用各種各樣的辦法窺探。申請新的QQ號。用假女人的頭像加蕭大風為好友。搭訕，聊天，去他的「QQ空間」，翻看他的每一條動態與日記。終於，她在留言板裏發現了那個鮮橙色頭髮的女人，網名是「葉子」。葉子在自己的「QQ空間」裏發了很多照片：穿著背心，露出鎖骨上的紋身，那裏飛過一隻蝴蝶；髮色不斷改變，鮮橙、寶藍、墨綠；套著滿身熱帶植物的大長裙子，立在燈下，彈奏吉他，像一隻驕傲的鶴，四周圍坐滿了人——蕭大風坐在第一排正中間，像一個虔誠的信徒。她想像蕭大風和葉子過著一種浪漫又不羈的生活。是詩人、藝術家那樣，化蝶飛翔。然而等她上高中的時候，蕭大風就跟葉子分了手——沒人告訴她，她自己在葉子的「QQ空間」裏看到了結婚證，相片裏的男人是陌生的。那之後，他去奶奶家吃飯的次數多了，染了很嚴重的煙癮，一餐飯，可以抽半包煙，又愛上喝酒，二鍋頭，喝完就吐，大吵大鬧；身子日益變胖，臃腫，笨拙；得罪了上司，丟了工作；跟著人去投資，又虧光了積蓄；潦倒便喝酒，越喝越潦倒。不過那些日子，她已經不在奶奶家了，她考到南方讀大學，開啟全新的人生。

「……要如何進行網絡傳播呢？我們請新媒體策劃主任Alice小姐為大家講解。」同事將話筒遞到她面前。她的思緒與肉身開始抽離。她彷佛看到自己站起身，從容走到電腦前，一邊操作PPT，展示那些精美的圖表，一邊跟大家說，首先，會在社交媒體開啟一個話題標籤「細雪小團圓」，然後，邀請KOL參與，分享自己與「細雪」有關的親情故事。為了讓整個活動更多元化，他們的技術團隊還會設計一個AR濾鏡，用戶可以自行輸入文字，那些字便會好像雪花一樣，降落在屏幕裏，而每個人都可以錄製一段這樣帶有雪花文字的視頻，發送給自己的家人，傳達愛與祝福……

她不記得會議是怎樣結束了的。掌聲。笑聲。各種各樣的客套話。叮——電梯來了，客戶走了，同事們拍著桌子大笑，興奮地計算著，這項目簽約以後，年終bonus會有多少。然而她無法加入那些話題了，任由喧鬧與腳步聲遠離，靜靜留在原地，呆坐在沙發上。微信群組還在聒噪著。她麻木地看著，那些陌生又遙遠的頭像，在說著如何替蕭大風領取意外保險的賠償金。她不想看了，心中卻不斷冒出問題：如果時間可以倒轉，她是否還會將那個花盆扔下去；如果花盆沒有砸傷葉子，她的爸爸是否就不會與她隔閡多年；又或者，如果她再狠心一點，趁葉子受傷的時候，再扔個什麼東西下去，讓葉子死個乾脆。那麼日後，她的爸爸是否也就不會在情傷裏沉淪，成為酒鬼，迷迷糊糊，凍死在街頭。然而這些假設都無法找到結論。她唯一能做的，就是拿出遙控器，對著天花板輕輕一按，那些細碎的人造雪花，便一點點，飄落下來。她閉上眼睛，仰頭對天，讓那些冰冰的碎片，落在自己面龐，轉瞬融化，消逝。她的視線開始升高，拉遠，她彷彿看到一個玻璃做的小屋子，屋內閃著五顏六色的光，光下飄著溫暖的小雪，雪中，她變得很小很小，趴在蕭大風的後背上，睡著了。

# 鏡面騎士

## （一）

黑桃心形狀的接單器在我大腿邊嗡嗚的時候，我正坐在百老匯電影中心私人廳，斜靠西瓜紅天鵝絨軟椅，與身旁的M91小姐接吻。那是喜歡在光影輻射下接吻的小胖妹，這是我第三次接待她。如前兩次一樣，她約我在星期天下午見面，並點播電影 *People on Sunday*。此外，她備註：盡情吻我，但不要觸碰我，謝謝。

我看到她聳立在光影中的鼻頭，像小雪絨在夜風微顫。而那雙湖泊般的雙眼，被日系假睫毛梳過，似海鷗羽翼，劃過佈滿晨霜的模糊窗口。但我猜不到這窗裏的自己是什麼模樣——當她戴上隱形VR眼鏡後，看到的便是她在下單時自行設定的愛人面容。而我，我只是面上鑲著臉形屏幕，並可通過其播放VR影片的兼職男友。不過我更喜歡公司為我們取的名字——鏡面騎士。它讓我感到復古又浪漫，無畏到可以捧著任何人的臉

對其說，我愛你，愛你，為了你，我赴湯蹈火，在所不辭。

有人在網上發起「拒絕兜售愛」的運動，呼籲大眾不要再消費我們這些因五官殘缺而做鏡面植入手術的人。可他們不懂，我熱愛我的工作，熱愛鏡面騎士集團——如果沒有它，我將永遠是天生缺了鼻子、歪了下巴、遭人嫌惡的孤兒。我更熱愛戴著虛擬的完美臉皮，服務客人，並遵循公司守則，付出一視同仁的愛意、永不將其佔為私有。

與M91的約會結束時，我深情目送她，直到她那充氣蓮藕般的小粗腿消失在出口，我才觸碰太陽穴上的感應按鈕——臉形屏幕開始自潔。我想像M91鮮橙色唇印與殘餘的唾液一點點消逝，也逐漸將自己從剛才的角色裏抽離出來。走出電影院的時候，我從褲袋裏掏出接單器，點擊屏幕查看新客戶的資料。

## （二）

那是編號為Y11的女客戶。Y，是客戶的姓氏拼音第一個字母，而11則是客戶自己設置的幸運號碼。屏幕上的資料告訴我，Y11於今日下午一點在「鏡面騎士」App註冊賬號，並購買隱形VR眼鏡。再往下翻，便是她的首次約會要求：

「請於夜晚九點十分給 852-52217768 打電話，並對我讀出以下語句：

『是我。』

『天又下雨了。』

『去翻翻你的外套口袋，我在那裏藏了一個禮物。』

注意，這次是試約。我會根據你的聲音表現來判斷是否繼續約你。」

坦白講，這不是我第一次依靠通訊工具完成約會。B8先生也曾通過視頻軟件與我調情。在屏幕那邊，他穿比基尼給我跳舞，兔耳朵頭飾奪拉在禿頂腦門上，隨他肥肚皮一起搖晃。我用心欣賞，對屏幕不斷飛吻，擺出性感姿態回應。在他側踢腿、下拱橋卻扭了腰時，我立即幫他打急救電話。那晚，我收到他給我的豐厚小費及好評：「這恐怕是我最後一次跳變裝舞。感謝你的欣賞與陪伴。」

是的，幾乎沒什麼事可以難倒我，這個常駐好評榜前五名的鏡面騎士。但約我打電話，讓我讀句子的客戶，倒是頭回見。除了給予客戶虛擬臉皮與肢體接觸外，我幾乎不與他們交流。畢竟，虛擬臉皮可以騙人，但聲音不會。

「嘟——嘟——嘟——」撥通電話時我有點緊張。

很快，電話被接了起來，話筒傳來雜音——那彷佛是淅瀝雨點砸到窗上。但我望了望公寓窗外，夜晚乾燥得像是被街燈烘乾的深藍色綢布。

「喂？」

當Y11的聲音穿透深藍，傳到我耳裏時，我感到自己被鈍物擊中，水從腦子裏流出來，泛濫成回憶的汪洋。沉入海底的我混沌望見一少女，眼睛小小，蓄烏黑柔軟童花頭，嬌小身子藏在旗袍式校裙裏，踩鋥亮黑皮鞋，款款向我走來。那是我年少時暗戀過的學姐嘉嘉。我記得，那時她的聲音就是透過音箱傳到每個班級，而我就靜靜趴在桌上，聽她播報晨間新聞。閉上眼睛，我彷彿看到一把細膩的糖珠，被撒入脆亮的瓷碗，跌宕出一片清甜來。

「怎麼不說話了？」

Y11問道。我一驚，連忙把自己從回憶裏拉出來，並在心裏警告自己：作為一個鏡面騎士，你的職責是向客人提供最完美的愛意，而不是讓自己沉溺於愛意。

「是我……」

我聽到自己的聲音突兀在空氣裏，唯唯諾諾。我感到自責。

「啊，是你啊。」好在Y11並沒有挑剔，自顧自說起她的臺詞：

「請問有什麼事嗎？」

我調整好狀態，這一次，聲音聽上去深情多了：

「天又下雨了。」我說。

話筒傳來的雨聲漸強，似乎電話被拿到離窗更近的地方。

「是啊，又下雨了……」Y11 的聲音變得模糊。我感到她彷彿是團迷霧，縮在潮濕的牆角，與未知的戀人通話。

「去翻翻你的外套口袋，我在那裏藏了一個禮物。」

「什麼？」

Y11 響應得很快，帶著條件反射般的反問，似乎不明白我在說什麼。

儘管我的三句臺詞已說盡，但憑著角色扮演的經驗，我重復了剛才那句：

「我說，去翻翻你的外套口袋，我在那裏藏了一個禮物。」

我聽到「噼啪」一聲，似乎窗戶被關上，雨聲也變得模糊；隨後是話筒被擱置在桌面的聲音，以及拖鞋摩擦地板的咚咚。

「你給我畫的畫？」Y11 驚呼。

啊？我不知該如何回應，只聽到「喀噠」一聲，Y11 掛斷了電話。下一秒，我的接單器就又發出砰砰砰的心跳聲——那是系統消息。

「您與 Y11 小姐的約會已完成，對方給您的評價是★★★★。」

緊接著，又來了一條新的約會任務，依然是 Y11。這一次，她的要求是：

「請在明天早上九點半於觀塘地鐵站 B 出口等我，我會穿檸草黃背帶裙，手裏拿一捆稻草。見到我不要與我對話，也不要與我相認，只需悄悄跟蹤我，一直跟蹤我，直到我進入一個需要密碼鎖才能進入的地方。」

## （三）

掛斷電話的那晚，我睡得很淺。Y11最後扔給我的那句臺詞讓我不安，並將我的記憶帶回年少的惡夢：在淅瀝的小雨中，我溜進播音室，將自己為嘉嘉畫的素描，悄悄放入她的書包——很快，這件事被傳開。我的養父被老師叫去談話。我不知老師說了什麼，此後養父開始厭惡我、挖苦我：本就生得醜陋，卻不專心學習，跑去溝女，如果不是怕沒人給他養老，他早就踹走我。為了逃避他的語言暴力，我私自輟學，流浪一陣子才被孤兒院收留。

Y11會不會是嘉嘉呢？我想著。這個想法讓我自責。我沒想到，自己竟然還會記得嘉嘉，這個令我自毀前程的惡魔。最令我內疚的是，作為一個稱職的鏡面騎士，我怎能對客戶產生非分之想呢？我的愛是平等的。心煩意亂地，我灌了幾杯伏特加，不久才沉沉睡去。

第二天，我起床晚了，到達觀塘地鐵站時已經九點二十——好在沒有遲到。我對著鋼面垃圾桶整理了一下被風吹亂的頭髮。

再一回頭，我望見一抹明亮的檸草黃在匆忙又麻木的人流裏若隱若現。我屏住呼吸，躲到垃圾桶邊的柱子後。餘光裏，身材高挑的 Y11 宛如一枝向日葵，從出閘口逆光綻放。她戴一頂編織草帽，深棕色捲髮輕盈躍動在帽檐下，幾束人造稻草躺在她肩上搖晃晃，草稍撓著她裸露在交叉背帶下的蝴蝶骨——那肌膚凝白透亮，在檸草黃的映襯下，竟如海中倒影的膏脂玉器，波光粼粼。好美的肌膚啊。我近乎暈眩地讚嘆道。但很快我又開始自我約束：作為一個有職業操守的鏡面騎士，我要一視同仁，不因顧客美醜而改變對其平等的愛意。

Y11 腳踩湖藍色漁夫鞋，走得輕快。她走進便利店時，買了一個菠蘿包。在她排隊買單的幾分鐘裏，我已迅速捕捉到幾個側頭偷瞄她的眼神——我猜 Y11 的面容一定也美得驚人。這增強了我對她的好奇。就在我嘗試換一個角落，希望能瞥見她側臉的時候，她又疾走起來。我連忙跟上。

在不斷湧動的人流裏，我與 Y11 保持大約兩米的距離。她快我就快，她慢我就慢；她躲閃路人我也躲閃，她逆流而上我也逆流而上。這段看似恆久不變的追蹤距離中，不知怎地，我的視線逐漸變窄，除了眼前那片漂浮在檸草黃下的白皙背影外，四周一切都模糊成一層薄霧。而從薄霧中飛來的偷瞄眼光，一旦落在我眼前的背影上，就紛紛幻化成翩翩花火，凝固在撲扇的蝴蝶骨上，令籠罩其上的光越發明亮、熱烈。

這發光的背影帶我經過冒著香氣的小吃檔口，穿過貼滿廣告的工地圍欄，直到紅燈亮起，才與薄霧一同停滯在斑馬線前。在這一刻，我忽然失神，彷彿成了一隻卑微的蛾，被光火完全吸引，只想走上前輕吻。

綠燈亮起。我又跟著那團光如遊魂般飄，穿過商城停車場，進入四壁被刷成酒紅色的工廠大廈，乘電梯到四樓。在狹窄昏暗的走廊裏，我的視線逐漸恢復冷靜，遠遠望見她停在一間屋前。在她摘下帽子，伸手按密碼時，我終於瞥見她的側臉：鼻樑與眉骨凹凸有致，下頜在柔軟的髮絲下閃著金屬色的光，深嵌在眼窩裏的雙眼皮讓她看起來像歐洲洋娃娃。「叮——」，我聽到密碼鎖成功配對的聲音。她推門進去。走廊徹底暗下來。我的雙眼頓時失去追蹤光火時的暈眩。半夢半醒地，我朝著吞噬她的那間屋子走去。只見被刷成草綠色的木門上掛著一個木牌，上面用白色畫筆寫著：「請勿打擾」。

與Y11的電話約會一樣，結束後不出幾分鐘，我就收到了四星好評。但接下來的日子裏，我再沒收到Y11的約會邀請。不久後的夜晚，我開始夢見她。夢中，Y11的背影不再是背影，而是一個不斷吸引蝴蝶與螢火蟲的神秘物體。在光火照耀下，我聽到她對我發出邀請。來看看我的臉啊，來看看。儘管我不斷警告自己，不可違背公司規定，但我最終還是忍不住。我衝上前，伸出顫抖的手碰了碰那團光。忽然，火光熄滅。Y11的白皙肌膚如發了黴的石灰牆壁，牆皮層層脱落。一張臉在黑暗中顯現。它奇醜無比，生滿膿包的雙眼對著我，鼻孔爬滿蛆蟲，下巴像瓜瓢般側歪。我想逃跑，卻跑不動，只能眼睜睜看著那張醜臉越來越近。就在它差一點要與我的臉吻合時，我突然醒來。黑暗的臥室裏，我渾身冰涼，顫栗不止。

此後，我無法再專心服務客戶。無論我面對的是穿藍色旗袍校服的W31小妹妹，還是帶我去別墅享受的Z7寡婦，我都不再擁有訓練有素的溫柔、細膩與熱情。每當我嘗試深情注視他們，我只能看見醜陋臉龐，令我作嘔。

終於，我在第四次接待M91小姐的時候感到頭昏腦脹，提前退場，因此得到她嚴重差評。為了跳出這種惡性循環，我不得不按下接單器暫停鍵，並預約修護師莉莎姐。那其實是鏡面騎士集團的創始人之一，也是最初介紹我入行的恩人。

莉莎姐工作的地點在鏡面騎士俱樂部，一座位於中環蘭桂坊的三層樓建築。第一層是騎士主題酒吧。這是星期四的早上，酒吧尚未營業。我繞過銅黃吧檯、銅馬雕塑、騎士畫像，找到通往二樓的電梯，並在開門按鈕處輸入我的指紋。

二樓的騎士休息室裏，四壁被刷成讓人放鬆的海藍。天花板上的乳房型音箱裏播放著「事後煙」樂隊的後搖。幾個等待維修的同事圍坐著，享受情愛蒸汽。那是直接噴上臉型屏幕就能讓人感到愉悅的新型香煙。不遠處，一個侏儒向我走來，我認出他是阿力，幾乎與我同時入行的老友。

「好久不見！」我向阿力揮手。

可阿力卻彷彿看不見我，自顧自向前走。怎麼回事？我一把拉住他：

「不認得我了？」

他抬頭看我，我才發現他的臉形屏幕有多處彈孔般的裂痕，被大火燒焦的皮膚在黑暗下若隱若現。

「你好，我是見習騎士阿力，請多多指教。」他對我禮貌鞠躬後，便匆匆離去——像是換了個人。

我感到蹊蹺，走去問其他同事。果不其然，他們告訴我，阿力犯規，打算和某個客戶私奔，於是得到懲罰——記憶與積蓄被清零，一切由頭來過。

聽到這消息，我緊張了。但容不得我多想，接單器已經發出「叮咚」聲——與莉莎姐預約見面的時間到了。我深呼吸，默念「祝我好運」，攀上通往三樓的木製樓梯。

明亮的 LED 吸頂燈下，磨砂玻璃板隔斷出一個個小房間——這裏就是鏡面騎士修護中心——臉形屏幕損傷的同事都在這裏接受專業治療。我走到大廳盡頭，推門而入。

擺滿蕨類植物的小屋裏，彌漫著濃濃的熱巧克力味道。窗邊坐著熟悉的身影。她肥胖的身子藏在牛仔布套頭連身裙裏，銀灰色短髮蓬鬆在圓嘟嘟臉頰邊，一股暖陽般的氣息從她和藹的微笑裏傾瀉而出。

莉莎姐迎著燈光向我走來，像一艘沉穩的船，朝我揚帆：

「來，到我的懷裏來。」

我以沉睡的姿態深陷於莉莎姐柔軟的胸脯。每逢這樣的時刻，我都會回想起十多年前的某個午後。那是在孤兒院，我因蓄意破壞同學衣物而被鎖在宿舍，不得參與集體活動，直到一縷陽光射進來，光後站著由輔導員帶來幫助我的資深社工——莉莎姐。她似乎是一個帶著治癒魔力的親人，一個讓醜八怪也能變得美麗的卡通人物。從那以後，我所有的委屈都可以在她母親般的懷抱裏找到和解。

我夢囈般對莉莎姐覆述最近的遭遇。從奇怪的電話約會，到追蹤時出現的光影幻覺，再到無法釋懷的惡夢。說到這，我再次感到冰涼的顫慄從指尖開始蔓延。我彷彿成了凍僵的瀕死者，渴望再被光芒籠罩。

「可憐的孩子……」莉莎姐輕輕拍著我的後背，像安慰一隻膽小的兔子，「你這是染上了鏡像慾望渴求症啊……」

「什麼？」

莉莎姐放開我，起身走去屋角，那裏立著一個小小的書架。

「你聽說過拉蒂爾嗎？一個研究人類慾望的哲學家。他曾經提出過一個看法——喏，給你，翻到第一二三頁。」

一本厚重的黑皮書被遞到我面前。我翻開一瞧，全是密密麻麻的英文字母——根本看不進去。

「還是麻煩莉莎姐說給我聽吧……」

莉莎姐靠在書架邊，盤腿坐下：

「我問你，你第一次見到自己，是什麼時候？你不用回想啦，你根本記不起來。在拉蒂爾看來，每個人第一次見到自己的模樣，就是第一次照鏡子的時候。當然，這個鏡子不單指實質上的鏡子，也可以是他人對你的看法，對你樣貌的評價。他認為，每個人都希望從鏡子裏看到一個完美的自己。現在，把這個理論放到我們的工作來講——你覺得為什麼客戶會需要我們的陪伴呢？」
「因為他們需要看到一個虛擬但完美的愛人。」
「對。你很明白嘛——」
「這我當然明白，入職培訓時已經學過了嘛。」我有點著急，「它和我的症狀有什麼關係？」
「其實道理是一樣的，只是你和客戶追逐的完美不同。」我似懂非懂。
「回到我們的鏡面理論。有時，你希望從鏡中看到的『完美』並非你本身渴求的形象——它有可能是他人對你的期望，或者說，他人眼中所欲求的完美。當你望見他人渴求的目光時，你也就潛移默化地希望自己成為那種注視下的『完美』。」
我恍然大悟：
「所以說，我追逐的，只是一個我認為完美的形象？我希望變成一個發光的背影，一團讓世界暗淡的火光？」
莉莎姐點點頭。她起身走到我的身後，從木質五斗櫃裏翻出一個粉色針管。
「來，這是孔雀開屏水。給你打一針，你就能暫時忘記那種渴望光芒的冰涼感。」
「等一等……」我攔住莉莎姐，「我為什麼會突然染上這個病呢？」
「很正常。可能你某個客戶也有這個病，這可是一種急性傳染症。」一定是Y11！

但下一秒我又否定自己。Y11那麼美的人，何需渴求完美？

## （五）

不得不說，孔雀開屏水是個了不起的發明。每日注射一支，我不僅能讓自己飄在空中，還能讓我約會的客戶也彷彿被熾熱激情點燃。很明顯，那段時間我的回頭客大幅增多。他們告訴我，實在難以忘記與我約會的感受，彷彿全世界的光都熄滅，只有一團神秘光火閃爍。在那裏，他們不僅看到自己最完美的戀人，甚至還望見自己被愛的模樣。

我並沒有真正被愛過，但我能理解客戶的感受，就像火中起舞的飛蛾，在自我犧牲中昇華愛慾。

我想，這一切超凡表現，都得歸功於孔雀開屏水。儘管它每一支價錢都超過我一個月積攢的小費，但為了客戶，我還是找莉莎姐買了一大箱。

至於Y11，我不再癡迷於對她的想念，又或者，我可以控制對她的愛慾，那不過是遭到病毒感染的症狀，只需一支藥便可消除。

炎夏緩慢消耗，秋天轉瞬即逝，我幾乎將自己對Y11的渴望之情忘得一乾二淨，哪怕不需要孔雀開屏水也不再做惡夢——直到我再次在街上看見她的背影。

那是慶祝聖誕的冬日，我在銅鑼灣的人造雪花秀裏結束與 K35 小姐的狂歡熱舞，正與她吻別時，一個身影逆著人流匆匆前行，瞬間捕捉了我的眼神——我不會看錯，那樣桀驁又潔白的脖頸，不會屬於他人，只能屬於 Y11。但由於正在與 K35 熱吻，我只能用眼神追著 Y11，這時我發現，她並不是獨自行走，在她的身後，還跟著另一個人，夜色中，他的側臉泛著金屬色的光——那是另一個鏡面騎士。那位同事混在人流之中，我難以從他的身形辨認身份，但他跟蹤 Y11 的姿態卻讓我彷彿看見過去的自己：如癡如醉，四肢僵硬，完全不理會四周衝撞而來的路人，一雙腳不聽使喚，如僵屍般跟著眼前的背影，哪怕去往深淵也在所不辭。

很快，二人消失在我的視線中。

那日以後，我又開始惦記 Y11。儘管孔雀開屏水能幫我維持良好的工作狀態，但一閒下來，我就會琢磨，那個讓我心神不定的 Y11 到底是什麼人？她為什麼要通過約會來吸引鏡面騎士，並將自身的病毒傳播出去？難道……她一開始就知道自己的病，所以才故意約會我們？

想到這，我不禁打了個哆嗦。坦白說，市場上對於鏡面騎士集團不滿的人太多。自我們橫空出世，那些相親網站啊，速配軟件啊，通通不再流行。這個世界上，缺的不是肉體結合，而是提供完美愛意的對象。於是我的頭腦清晰起來：這個 Y11 很有可能是競爭對手派來打擊我們的。

我開始對 Y11 進行反跟蹤。

直覺告訴我，Y11 長期工作的地點應該就是觀塘。按著首次約會的時間與地點，我出現在地鐵站。果不其然，Y11 再次在人流中綻放光芒。為了避免見到她再次犯病，我已提前注射了一針孔雀開屏水——但見到她背影的時候，還是有一股想要衝過去的慾望。很快，另一個鏡面騎士出現了，我的慾望平息下來。

這個騎士我認識，他叫阿森，身材高壯，毛髮濃密，就連面部也生著粗粗的汗毛，怎麼刮都刮不盡，從小都被人當作野人，直到加入我們，才有了活下去的勇氣。阿森性情溫和，嗓音低沉，擅長安慰與撫摸，所以評分也高居不下，和我差不多級別。但他從小受到排擠，因此養成超乎常人的淡定與無情。所以，當我望見他跟蹤時呆滯又卑微的佝僂姿態時，不禁心中發寒。看來 Y11 的病毒無比強大。

我一直跟著阿森，走過半年前那條熟悉的路，我彷彿能感受到阿森此刻的心情，一定是既火熱又悲傷，備受煎熬。直到進入那棟破舊的大樓——我這才發現，這似乎是一個被棄用多時的地方，幾乎沒有其他商戶出入。看來上一次我完全被病毒入侵，連這樣危險的環境都沒留意。

終於，阿森跟著Y11進了電梯。為了不被發現，我乘坐了下一輛。等我從電梯出來時，正好遇見從走道另一邊走來的阿森。就在我想著如何與他打招呼化解尷尬時，他卻徑直與我擦肩而過，彷彿失去了視力——他也病了。

望著阿森呆滯的背影，我告訴自己，不行，我不能再讓更多同事遭到病毒侵害。我大步衝向那個掛著「請勿打擾」的門，將身子化作一支導彈，用力撞上去——一下，兩下，三下……

門開了。

屋子不大，方方正正，裝修簡陋但燈光溫和，四壁貼著潔白的瓷磚，地上鋪著淺灰色地毯——正常辦公室的模樣。但屋內的景象卻讓我懷疑自己一腳踏入了另一場惡夢：在方方正正的空間裏，數十個一模一樣的女體彷彿玩偶一般，靜立在陳列架上。她們赤身裸體，皮膚光滑無暇，身材比例恰到好處，並隱約散發清甜香氣；最駭人的是，她們生著完全相同的臉：鼻樑與眉骨凹凸有致，下頜在柔軟的髮絲下閃著金屬色的光，深嵌在眼窩裏的雙眼皮讓其看起來像歐洲洋娃娃……她們全都是Y11。

「你最終還是來了。」

一把女聲出現在我身後——還是如我在電話裏聽到的那樣，清甜、透亮。我回頭一看，這才發現身後的牆壁嵌著一道圓形拱門，門開了，Y11就在我面前。這是我第一次與她對視。與夢中不同，她的臉沒有變成醜陋的瓜瓢，它依然完美無暇，白得發光，卻無法讓我再為之沉醉，我能感到的只是一股莫名的寒意。說實話，那一刻我想逃跑。但鏡面騎士的職責告訴我，我不能就這樣離開，我必須要弄清楚這女人的目的。於是我清清嗓子，佯裝鎮定：

「你到底是什麼人？」

Y11輕輕一笑：

「你真的想知道嗎？此刻離開，我可以當你沒有來過。而你再打上幾針孔雀開屏水就能忘記今日的煩惱。」

我一驚。這女人已經知道了孔雀開屏水，看來我猜得八九不離十。於是我拿出接單器：

「你知道嗎，如果我按下警報器，我附近的同事就會趕來支援我，而我們公司特派的保安員也絕不會輕饒你。」

說到這裏，我的勇氣莫名倍增，對她斜嘴一笑：「此刻交出真相，或許我還能幫你想想退路。」

Y11望著我，哈哈大笑起來。她的聲音在笑中逐漸變化，聲線變粗，音調變低，讓我感到一種可怕的熟悉……這時候，她將手舉到腦門頂，使勁向下一劃——只見那層光潔的皮囊如開胸衫一般，朝著左右兩側脫落。瞬間，Y11瓦解了。眼前那具女體逐漸膨脹，變寬，成了一個令我差點跌掉眼球的形象：莉莎姐。

「來，傻孩子，到我的懷裏來——」

莉莎姐挺起肥大的胸脯，對我張開雙臂，瞇著眼袋包裹的小眼，露出甜膩的笑容。

這一次，我既沒有倒在她的胸脯裏大哭，也沒有奪門而逃，我感到一切意識在此刻凝固，恐懼令我無法邁動一絲一毫。

「別害怕，我的孩子。這女性皮囊是我們集團最新研發的產品。它無限接近人皮，但具有更迷人的光澤、質感——最重要的是，它被注射了一種叫作『愛』的流感，叫人欲罷不能——相信你已感受過了。」

望著莉莎姐，我第一次覺得，她那張堆滿贅肉的大臉如此可怕。

「所以，你就故意讓我們這些鏡面騎士染上病毒，然後購買昂貴解藥，再通過約會將病毒傳給更多人嗎？」我聽到自己的聲音在顫抖。那不是出於恐懼，而是來自內心的無知與無能。

「喔怎麼能這麼說呢，我的孩子。」莉莎姐皺起眉，對著我努努嘴，「要知道，你們都是我最自己心愛的寶貝……我怎麼忍心呢？」說著，她繞到我的身後，指著那幾排裸身女體：

「她們，才是即將出戰的士兵。等著吧，很快，一波讓世人難以戒掉的神秘女體將會在慾望的角落裏蔓延。男男女女，只要觸碰這肉體就會產生幻覺，把它當作畢生所追求的真愛——卻求而不得，只好在虛擬的鏡面裏尋找快樂，或成為倚賴孔雀開屏水來的癮君子——可他們又怎會想到，穿上這些完美皮囊的，都是和我一樣，從小因肥胖而不討喜的傢伙。」說著，她又轉過頭，微笑著指著我：「也和你們一樣，都是醜——八——怪。」

聽到這裏，我感到一股颶風從體內盤旋而上，呼啦啦——它將我刮回陰鬱孤獨的童年，我看到自己瘦小無助，蹲在角落，任由同學將我包圍。他們一邊扯下我的褲子，撕爛我的背心，一邊做鬼臉一邊嘲笑我：醜八怪，醜八怪，生來沒人愛——

這股憤怒的風繼續吹，將我一股腦吹到莉莎姐面前，望著她驚恐的雙眼，我舉起手中接單器，重重朝她肥碩的腦門砸去——一下，兩下，三下——我聽到她在怒吼。她那粗糙的嗓音可真難聽！於是，我用餘下的一隻手抓住她的脖子，肥膩的肉一層層滲入我的手指間。

可她還在掙扎，呼赤帶喘地奮力踢我，用肉袋般的胸脯撞我。為了躲避她的肉彈，我向後踉蹌幾步，不曾想，給她鉆了空。她立馬將手插入口袋，掏出一個東西，再迅速舉起來——我看到那滿是斑點的肉爪，正握著一把粉色的槍，它對準了我……

一陣香甜的風吹過，「咻」一聲，我感到細小的刺穿透我的額頭。

下一秒，我的世界開始下沉。醜陋的臉龐，肥大的身體，完美的肌膚，它們如畫片一樣在我腦子裏閃回，又褪色到消失。

不知過了多久，我恢復了視力。

我完全想不起來剛才發生了什麼，望著空蕩蕩的走廊，我忘記自己身處何方，忘了自己為何會出現，更忘了這是什麼日子。這時候，我感到有東西在口袋裏震動。我掏出來一看，是一個黑色桃心形狀的、金屬質地的機器，它一邊震動，一邊對我閃爍紅光。

啊，我想起了：

我是一個鏡面騎士，一個從小因面貌醜陋而遭人遺棄的孤兒。我熱愛鏡面騎士集團，熱愛擁有一張令人覺得完美的虛擬臉皮，熱愛遵循公司守則，對客戶付出一視同仁的愛意、且永不將其佔為私有。我浪漫、溫柔、勇敢無畏到可以捧著任何人的臉對其説，我愛你，愛你，為了你，我赴湯蹈火，在所不辭。

# 紙皮龜宅

## （〇）

十八歲那年，我在香港藝術學院唸書，艾琳曾是我的編劇老師。初見她時我已覺得這女人不一般，儘管年近六旬，滿頭銀髮，卻蓄著髮尾內捲的童花頭，歐式雙眼皮藏在貓眼老花鏡後，鼻樑和腰板一樣筆挺，常穿一身及踝長裙，奇麗花草在她仍保持勻稱的腰身上搖曳。

起初同學們都很喜歡她，暗地裏稱其為「大家姐」。但不到一學期，艾琳的名聲就壞了。她上課遲到早退，課間跑去樓下吸菸，常在聆聽學生閱讀劇本時打瞌睡，點評學生作業又言語苛刻，毫不留情。於是，同學們齊心協力撰寫投訴信，一次又一次。三年後，艾琳被學校開除——但此事與我無關，大一下學期我就拿到香港中文大學 offer，轉去讀廣告學。

離開藝術學院後，我沒再和那裏的同學聯繫。我看不起那些自以為文藝天才的理想主義者——若不是DSE考試失利，我不會委屈自己，跑去那裏上學。轉學後沒多久，我就選擇性遺忘了與藝術學院有關的一切，包括艾琳。

## （二）

與艾琳的重逢發生在人流湍急的九龍塘地鐵站。那時我剛從中文大學畢業，在一家上市廣告公司做市場策劃。

「阿筠！」艾琳大聲喚我。她還是四年前那樣，銀髮垂肩，五官仍像歐亞混血兒那般凹凸在皺紋間。不過，腰背微駝了，四肢肌肉鬆懈，裝扮也素了，曾經飄逸的熱帶植物似乎被颱風吹走，留下一大片舊舊的水洗藍，貼在浮腫的肉身上。

「想不到真的是你！你轉學的時候，我和其他老師都覺得好遺憾，你寫的那個短片劇本，如果拿去參賽，一定能拿首獎。」艾琳對我說。想不到她還記得我四年前的學生作業，我有點不好意思：

「老師，這不值得一提……」

我與艾琳邊走邊聊才知道，原來她就住在這地鐵站上蓋的私人屋苑裏——那可是豪宅區。而她兩年前被藝術學院辭退後，一直做自由職業者。

「偶爾給朋友寫寫劇本，活得下去。」她笑的時候毫不忌諱地露出六顆牙齒，土黃色煙漬若隱若現。

當她問起我的近況時，我誇張了一點，告訴她，自己是廣告系高材生，還沒畢業就被上市公司請了去，馬上就要成為資深員工，月入三萬有餘。

艾琳聽完，又重複了一次：

「你的那個短片劇本啊，真的很不錯，一看就是有天賦的。如果你做編劇，一樣混得好。」

這便是她與我那次重逢時，說的最後一句話了。

## （二）

繁忙工作的時間總是過得飛快。兩年零三個月後，與我同時入職的同事紛紛跳槽，我如願以償，成了資深策劃。

那是個炎熱的夏天，主管派我去負責一單案子，撥了三個手下輔佐。我覺得這案子不容小覷，一來它是我升職後主理的首個策劃案，二來它神秘兮兮，我司所有人，上至CEO下至清潔阿姨，都與客戶簽了無條件永久保密協議。

客戶是本港知名地產公司匯發，擅於低價收購舊樓，在原本低廉的社區建立高檔購物中心、娛樂設施，從而提高那片地區的樓價，再高價賣出。正因如此，匯發在香港的名聲不好，它的市場部常與我司合作，拍攝公益廣告，維護企業形象。

這一次，匯發集團遞來的資料是一條短視頻。畫面裏，一個駝背老人出現。她弓著身子，推著堆滿紙皮的鐵板車，烏龜一般緩緩挪動。側面看去，她好像一隻行走的蝦仁，腰背沒了骨頭，只有圓弧狀的脊背。

這種拾紙皮維生的駝背老人我見得多。香港街頭、店鋪門口、垃圾桶邊，他們時常蹲在角落，拱起圓鼓鼓的駝背，將收集來的紙箱踩扁成紙皮，再拿起打包繩索，將成疊紙皮五花大綁，奮力扔到推車上。年少時我曾問大人，這些老人是因為蹲得太久，所以成了駝背嗎？大人卻告訴我，要用心讀書，以後才不會成為這樣的駝背老人。儘管大人的忠告激勵我努力讀書，但至今也無法解決我的疑惑：到底是駝背的老人都恰好晚年淒苦，必須拾紙皮維生，還是紙皮拾得多，傷了身子，才變了駝背？

我正神遊時，視頻忽然出現的內容叫一屋子的同事都瞠目結舌：

駝背老人進入僻靜小巷，躲在比她還高的紙皮山後，除去上衣，趴在地上，反手向後，狠撓駝背——淡紅爪痕很快出現在綿軟肌膚；隨後她停手，抽取紙皮重重扔向背部。紙皮彷彿受了磁石吸引的鐵器，逐個逐個、由大到小，在駝背上站成高塔。塔尖形成時，老人身子瞬間縮小，紙皮層層消逝，最終，出現在畫面裏的，是一隻長約 60cm 的陸行烏龜。龜似乎剛睡醒，腦袋笨拙又緩慢地轉了轉，蹣跚邁開乾燥四肢，爬向一個被棄置的大沙發底，縮在陰影裏。

視頻停止，燈光亮了。

「大家不要緊張，在解釋老人的變身之前，我先來講講背景資料。」匯發市場部的米婭小姐打開投影儀，開始她的演說。

她劈哩啪啦連翻幾頁 PPT，五顏六色的曲線和餅圖在我眼前像蝴蝶一樣飛過——那都是花架子。米婭真正想表達的一言以蔽之：本港貧窮人口中，老人數目高達三十萬；其中，每三個老人，就有一個貧窮——而那一個，十有八九生著駝背、拾紙皮維生。

「你們有沒有想過，為什麼那些拾紙皮的老人，都會生出畸形一般的巨大駝背呢？」米婭發問，眨著圓溜溜的大眼。

我坐在臺下有些想笑，她當這裏是幼稚園嗎？

但下一秒，米婭又嚇我一跳：她魔術師一般，從身後的黑箱子裏，抱出一隻陸行烏龜——和剛剛視頻裏出現的那隻一模一樣。

同事們坐不住了，嚇得直往後縮。我掐著大腿肉，假裝淡定，保持微笑，以不變應萬變。

只見米婭將陸龜放在鋪著柔軟地毯的地面，蹲下來對牠輕聲說：

「阿媽，快醒醒，我想同你去飲早茶。」

陸龜彷彿被咒語啟動，四肢伸長，龜殼軟化，膚色褪淺，還原成四肢伏地的駝背老人。

米婭將食指放在嘴唇前，示意我們安靜，然後溫柔扶老人起身，從黑箱子掏出襯衫給她披上。我屏住呼吸，細細觀察，只見那老人滿臉褶子，好似風乾的饅頭，但嘴角卻流瀉孩童般無知的笑意，一雙眼也飄忽不定，身子更是玩偶一般，任由米婭擺佈——我猜這老人癡呆了。

米婭好似背臺詞一樣，附在老人耳邊說：

「阿媽，你說你有一個秘密要告訴我，是什麼來著？」

老人立馬好似見了糖果的孩子，眼睛頓時亮了，轉過臉來，調皮地對著米婭勾勾手指，然後又顫顫巍巍起身，趴在地上，拱起後背。

這時候，米婭無聲地把我一拽，讓我跟她一起站到老人身後。我不知道米婭想做什麼，但我能看見，老人就在我的眼皮底下重複著視頻裏的那套動作。當我看到那蠟黃的蒼老胴體，浮現粉嫩的撓痕時，我覺得心臟像痙攣一般不適。

這一次，老人沒有扔紙皮砸背，而是捏住背脊鬆懈的皮肉，用力向左右兩邊撕扯——忽然，駝背裂開，骨肉相連的洞口宛如妖怪張開大嘴，對我喘息。還不及我作任何反應，米婭就扯著我，大步向前，踏入那駝背上的血窟窿，我也瞬間隨她跌了進去。

毫無失重的驚悚感，彷彿一陣微風吹過，我就站穩了。環顧四周，我發現自己正和米婭處於一座複式樓內。客廳方正、開揚，落地窗簾半開，金黃色陽光射進來；水晶燈下擺放白色真皮沙發，圍著茶几。而剛剛那老人，則穿著居家服，腰背挺直，邁著輕盈的步子，從客廳側面的旋轉樓梯上向我們走來。

米婭搶在我發問前繼續對老人唸「咒語」：「阿媽，我想一個人出去行街嘛。」

老人乖巧點頭，反手向後，輕輕擰一擰背上的皮肉，那乾淨明亮的寓所瞬間不見。我與米婭回到了會議室裏，老人不在了，只有那隻龜，乖乖趴在地板上，望著驚呆的同事們。

## （三）

與匯發市場部開了幾輪會議後，我大概搞清了事情的來龍去脈：

幾年前，匯發市場部經理收到一份匿名郵件，說是有辦法利用駝背老人和廢棄紙皮來做房產生意。起初經理沒有理會，不久，又收到視頻——就是那老人變龜，人跌入龜殼，並進入複式樓的畫面。儘管視頻內容荒誕，但看上去真得可怕。誰會花大價錢製作特效來唬弄我呢？無論如何，經理決定見見這人。於是，一個自稱是安老院院長的中年女人帶著那隻陸龜來了。就像米婭示範的那樣，院長假扮女兒，騙老人變回人形，打開駝背，並帶經理踏進背裏的豪宅參觀。據院長說，不知這癡呆老人從哪得來的辦法，每日用紙皮混著自己割下的血肉，扛在背上，砌成駝背，再撕扯駝背變龜，自己的肉體跌入龜殼去享福。駝背越大，龜殼越大，房子空間也越大——但老人承受的皮肉之苦也越多。

此事引起高層重視。他們先是從院長那裏高價雇來被棄置已久的癡呆老人，加以研究、調教，將其駝背內的複式樓開發為樣板間，又與偵探公司合作，跟蹤調查所有拾紙皮的駝背老人。果然，以紙皮砌駝背的技巧，早已在拾紙皮的老人間流傳。那些無人留意的角落裏，夜色中，總有那麼一兩個駝得好似蝦仁的老人，隱在紙皮山後，變成陸龜，遁入豪宅。

於是，匯發集團開始以自己的方式，嘗試和那些神秘的駝背老人達成合作關係。

「至於是什麼樣的合作方式，我就不能泄露了，這是商業機密。我唯一能告訴你的，就是我們集團將會推出一系列名為『紙皮龜宅』的計劃，服務包括租賃、旅遊及娛樂。而你們要做的，就是以紙皮、駝背與龜宅為主要元素，製作一系列娛樂性強且具有公益性的網絡短片，為『紙皮龜宅』奠定龐大粉絲群。」米婭如是告訴我。

「清楚，明白。」我連連點頭。

按照匯發集團的要求，我和同事馬不停蹄地開會、Brainstorming，確定出宣傳短片大綱。我們將老人設計成陸龜俠的形象。龜——象徵吉祥、長壽。俠——則暗示將駝背幻化為複式樓的怪誕之事是一種超能力。至於那些血肉模糊的脊背、蠟黃蒼老的胴體，通通都不能出現。那麼，真人動漫的表現形式，最合適不過了。

至於故事情節，可以通俗一點。一個平日看似拾紙皮維生的駝背婆婆，每逢夜晚便化身為陸龜俠，帶無家可歸者、流浪貓狗等，進入自己的龜殼，同享家的溫暖。演員自然不能找那癡癡呆呆的阿婆。那必得是一個氣質脱俗，滿眼透著靈性，笑起來讓人相信即使變成龜，也能活得瀟灑快活的老人。

這樣的老人，除了艾琳，我不認識第二個。她除了外型出色外，也深諳編劇之道，加上她又那麼看好我，說不定不僅願意友情出演我的廣告片，幫公司省預算，還能指點我廣告劇本的創作。

事不宜遲，我趕緊從棄用的舊手機裏，翻出了艾琳的電話，發了信息：

「老師，好久不見了！你最近忙嗎？我這幾天剛好在九龍塘附近工作，有空的話，約你飲茶呀。想你。」

艾琳隔了幾個鐘才回覆：

「謝謝掛念，但我已搬家，你來深水埗找我吧。」

「深水埗」三個字令我覺得蹊蹺。那可是魚龍混雜的貧民社區，艾琳那樣孤傲高貴的老太太，怎麼會跑去那裏住？可能，鮑魚燕窩吃多了，也想體驗平民生活吧。再說，艾琳這樣的有錢人，在不同地段坐擁房產，輪流住著玩玩，也是正常。於是，我與她約了見面時間。

## （四）

臨近深水埗，我不斷感受到路人猥瑣的掃視、望見擺在石凳上的赤腳、經過綑綁肥膩大腿的魚網襪，以及兜售十蚊產品和色情雜誌的破舊店鋪、泛著肉臭味的街頭集市……這裏的一切都讓我覺得不安又熟悉，彷佛回到童年居住的雜亂後巷。發霉骯臟的日子熬了我十三年。父親北上做生意，忽然發財，才帶我搬去了珀麗灣，一個可以看到海的高雅社區。儘管如此，父親仍繼續北上，努力買樓又賣樓，不敢鬆懈；母親也勤儉持家，嚴苛待我，督促我學習賺錢的技巧，畢竟還有三個弟弟，靠我去幫襯。

「阿筠！」我聽到熟悉的聲音，醇厚的煙嗓，透著一股不羈的悠揚。我回頭一看，卻不敢相信，眼前人就是迎接我的艾琳。

她比以前瘦了一圈有餘，原本飽滿的面頰向裏凹陷，雙眼皮浮腫在眼袋裏。曾經經典的童花頭也沒了，隨意盤起髮髻，露出額上的皺紋。原本微駝的腰背，此刻好似多了個小肉團，擠在脖頸後，突兀在棉質T恤裏，像個翹首等在幼稚園門口的尋常外婆。

「吃了嗎？」艾琳依然笑著，露出越發蒼黃的牙，「我帶你去吃點什麼？」

「喔不了，不了……」我連忙搖頭，「我已吃過，今天就是想來……看看你。」話到嘴邊，我又咽了回去，沒有提起任何與廣告片有關的東西。

艾琳也許真的以為我掛念她，一路上牽著我，好似真當我是她的外孫，說說笑笑，毫不顧忌：

「我今天特別高興。你知道為什麼嗎？」她對我調皮地眨眼。我搖頭。

她告訴我，自己終於過了六十五歲，可以領長者卡了。

「拿著此卡，即可享受交通優惠！」她一本正經地模仿公益廣告裏的宣傳詞，忍不住又笑，彷彿吃了天上掉下的餡餅。

艾琳的新家在一個改造後的唐樓裏。

「我學生——」她經過大堂時，指著我對看更大叔說，「特地來看我的！」大叔敷衍地笑笑，眼神掃過我露在一字肩外的皮膚。

「新家有點小，不過我一個人還是夠了。」艾琳一邊說，一邊帶我進入一條又瘦又長的走廊，經過三扇大門，那裏分別傳出孩童啼哭、粵語殘片曲調，以及一股濃郁的中藥味——「到了。」

推門而入後，艾琳點亮了燈，屋子便一覽無遺。二百呎左右的空間裏，依次出現在牆邊的是鞋櫃、洗碗池、迷你冰箱、折疊餐桌、電腦桌、目測一米五寬的床。艾琳率先走到床邊，利索地將床沿向上一推，它就被折疊成了一個長沙發。

「我去食煙，你隨意坐。」艾琳走去我身後，拉起折疊門，躲進一個僅容下兩人站立的小小廁所。

我坐在沙發上，摸了摸鋪在上面的床單，光潔滑溜，好似是真絲材質，湖藍底色，印著淺金暗花——這一定是從她那豪宅裏帶來的。

「老師……」我終於忍不住發問，「你為什麼從九龍塘搬到這裏呀？」艾琳沒有理我。想必她又沉迷在尼古丁的浸泡中，半晌才悠悠地應了一聲：

「之前那房子被我賣了。」聲音被抽風機吹過，飄飄忽忽的。

吸過煙後，艾琳看似平靜許多，從短褲口袋裏掏出一個手帕，來回擦臉——我這才留意，她稍稍用力說話，便會滿頭虛汗。

「其實呢，我對你們那一屆的學生一直覺得慚愧。」她忽然又說起往事。

「怎麼呢？」

「那年是我最衰的時候。我媽病重，我一直忙著照顧她，整個人都抑鬱，睡不著，沒精神上課——以前我不是那樣的。想不到，過了一年，我媽還是死了。」

她說起這些，我才又回想起六年前她在課上打瞌睡的模樣。

「沒有其他人幫你一起照顧母親嗎？」我問。其實我也並不想知道，但看艾琳陷入往事的樣子，覺得還是象徵性和她聊聊比較好。

「我爸很小就跟人跑了，移民去外國享福，丟下九龍塘那房子。我和媽一直在那房子裏住著，有個菲傭，跟了我們很久。我媽死的第二天她就辭職。我還奇怪她怎麼那麼著急走？後來才發現，她偷了我媽首飾。」

「那你其他家人呢？都不管你的母親嗎？」

「我就只有我媽一個家人呀。」艾琳又笑，「我是獨生女，兼獨身主義。」一來二去，我真和艾琳聊開了。原來這女人年輕時是舞者，一次演出傷了腿，只好轉行。那時TVB演員班正流行，她去報名，卻被老師發現創作天賦，臨時被拉去做編劇助理——這就誤打誤撞進了編劇圈。

「但我脾氣不好。最鼎盛的時候得罪了人，不肯道歉，辭職去找別的工作。誰知道呢，離開電視臺這個靠山，我就什麼也不是。做過廣告，也做過公關，跌跌撞撞地，才終於爬到公司高層，但椅子還沒坐熱，公司就被大集團收購，我們這些前朝遺老通通被炒。」說著說著，艾琳又掏出手帕來擦臉。

「好在有熟人介紹，讓我去做老師。我安安穩穩度過了中年危機——哪知道，晚年翻船了。」

說到這，我才又想起自己最初的疑問：

「對了，九龍塘的房子為什麼要賣掉呢？」

艾琳嘆口氣，當著我面連吸兩根菸後，才說了出來：

「我傻，被騙了。」

艾琳告訴我，母親死後，她抑鬱不減，看醫生、吃藥，花了很多錢，沒多久，藝術學院又把她辭退，她就慌了。

「我這個人，提前消費慣了，根本沒積蓄，忽然一下沒工作，又沒到可以領長者津貼的年紀，怎麼活呢？我就想，反正媽不在了，就把她的臥室出租吧。結果，中介一聽我這個情況，就給我推薦了一個以房養老的理財計劃。說什麼把我的房子授權給他們，他們再幫我把房產投資到理財產品裏去，這樣我不僅不用和陌生人合租，還可以每月有收入。我哪懂那麼多？那時也吃藥吃迷糊了，只覺得他們說的正是我要的，就簽了合同。結果呢，半年還不到，追債公司的人來了，說什麼我的理財帳戶已經入不敷出，必須賣房抵債——你還記得上次在地鐵站碰見我嗎？那時我就已經賣了房，在九龍塘附近和別人合租，畢竟在那住了一輩子，不捨得離開。但跟陌生人住久了，還是覺得不自在，而且租金又漲了，我承受不起，才搬來這裏一個人住。」

居然是這樣。我久久說不出話，腦子裏回放艾琳過往的身影，那樣精緻的裝扮，彷彿從時裝劇裏走出來的傳奇富太，精靈古怪、無所不曉。或許我高估了歲月對艾琳的仁慈。此刻我才意識到，她其實也是一個老人，一個並無兒女傍身，又無長輩可依的老人。

「那你現在還好嗎？有找其他工作嗎？」

「放心，我還有幾個老友，介紹我做網劇編劇。不過我很少看過網上的東西，總是被罵，說我寫得像 TVB 的狗血劇——廢話！我本來就是 TVB 出身的嘛！」艾琳又笑了，「現在我的上司比你還年輕，我拿的稿費也和剛畢業的年輕人一樣。我真是逆生長呀。」

望著艾琳突兀在空氣裏的黃牙，我不知是笑還是不笑。好在電腦桌上的顯示屏在此刻亮起。

「喔，等我一下，我看個郵件。」艾琳起身，坐到電腦前。

她從抽屜裏翻出眼鏡——還是曾經時髦的貓眼鏡，但鏡腿斷了一隻。她弓著身子，伏案向前，雙眼無限逼近屏幕，像嗅著氣味一樣，努力掃過密密麻麻的文字。

我看著她那弓如蝦仁的背影，彷彿見到一隻烏龜，攀在巖石上，緩慢又努力地喘氣，一呼一吸，消耗的都是血、都是肉。

## （五）

離開艾琳後，我久久無法將思緒從電腦前的背影上抽離。這個背影不斷變形，彎曲，膨脹，又縮小，最終成了那個在我面前脱下上衣、變身成龜的癡呆阿婆。她對著我笑，努力揚起滿臉的褶子，似乎要把自己折成一朵紙花獻給我。

但廣告策劃案依然得繼續。即使我此刻提出抗議，拒絕拍攝將貧苦老人浪漫化的宣傳片，主管也一定會派別人來完成——那人說不定會提出更虛情假意的故事大綱。我又何苦為此丟了飯碗？再說，米婭也提過，匯發集團會和拾紙皮的老人合作。既然是合作，那就是雙贏，說不定，那些老人會因此而得到不錯的報酬呢？就像那癡呆老人，之前住在安老院有什麼好？現在被匯發集團請了去，反倒有了獨立的生活空間，被專人服侍著，活得比以前更有尊嚴吧。就這樣，我說服了自己。接下來的一切就都好辦了。雖說請不到艾琳做主演，節省不到預算，那就乾脆找整容失敗的老牌艷星董晴晴。別看她臉塌了，但放得開，時常拍直播自黑，網絡人氣不減。很快，匯發集團就與公司簽了合約，我也就鬆了口氣。此後，這案子便不歸我管，派執行部門的同事按我的策劃案去完成拍攝、後期製作與視頻投放即可。

匯發集團看過樣片後很滿意，又與公司電子營銷部繼續下一步合作。三個月後，當《陸龜俠》網劇開播時，公司策劃的「紙皮龜宅傳奇」專頁也在 Facebook 等社交媒體同步建立。此專頁用來發佈與《陸龜俠》有關的傳說故事——大多由同事杜撰，無科學依據。只有一則，由我訪問折紙藝術家馬建先生後，又結合香港靈異史料整理而成，米婭覺得頗具說服力，決定放在「紙皮龜宅」計劃推出前發佈：

上世紀六十年代初期，一英國魔術師來港遊玩，途經九龍城寨時，遇到臥在街邊折紙賣藝的獨臂老人。魔術師驚嘆於獨臂老人的折紙技巧——那些慘白無奇的紙片，在靈動的手指下，瞬間被賦予生命，成了一個個彷彿能跑會動的鸚鵡、馬、大象、長頸鹿……

魔術師蹲下與老人交流，才知其是流浪者。出於同情，魔術師給了折紙老人一個「以紙變宅」的秘訣。

那天，老人用石塊割裂大腿，再抹血於一塊由紙箱壓扁的紙皮上——每天重複這動作，數日後，這塊紙皮已被血跡覆滿。隨後，老人將血紙皮扛在背上，四肢趴地，頭緊貼在地面，背部用力拱起。

老人很快感到頭昏腦脹、腰背酸痛，但按照魔術師的指令，他不可變換姿勢。大約五小時後，老人背脊如火燒般熾痛。他捱著痛苦，又兩小時過去，疼痛感如風消逝。他連忙反手去摸，果真觸到羅鍋般的駝背，彷彿從天而降，聳在脊梁上。從那以後，老人只需抓撓背部、再大力撕扯，就可以瞬間變龜；而他的肉體則自動縮小、跌入龜殼中的複式樓，同時，駝背也隨之消失，殘疾的胳膊長回來，精神充沛得像個年輕人。

這龜宅雖渾然天成，但它建基於老人血肉與紙皮摩擦而產生的能量，若想維持龜宅魔力，老人必須轉行，以回收紙皮維生，每日辛苦勞作，釋放體能供養背中之宅。一旦老人停止回收紙皮，龜宅就會在三日內消失，但駝背會遺留下來，成為老人餘生的累贅。

此文一出，人們的好奇心再次被引爆。

「我也想擁有這個魔法啊，那我拾紙皮就能住豪宅了」「我經常在路邊看到駝背老人，一直覺得他們很厲害，駝成那樣還能走路、扛起重物」「好想去龜宅看看啊」，網友紛紛在帖子下回應。

那天以後，與「紙皮龜宅」有關的租賃服務正式上線。

「想要和陸龜俠做室友？坐享夢幻複式樓，每月只需一萬起！」

諸如此類的廣告像牛皮貼一樣出現在各類網站。我也好奇，點開來看，這才明白米婭所說的合作。原來，滙發集團簽下了一批身藏豪宅的駝背老人及其龜宅，讓他們提供「陸龜俠主題」租賃服務。老人除了做房東外，也需與住客共同生活，扮演「陸龜俠」的角色，為他們煮飯、洗衣、打掃屋子。

如此說來，獨居老人不再孤獨，繁忙的年輕人也能以正常租金享受豪宅空間，還能體驗被「陸龜俠」服務的感覺。加上紙皮成本低廉，老人的身價估計也不高，滙發集團應能從中賺得不少差價。

那些租賃帖子裏已有了用戶好評。我點了其中一條來看：

「我本來在九龍灣租三百呎兩居室，一家三口，還算ＯＫ，但房租年年加，從最初的九千八，飆升到一萬七！老婆又懷孕，想換大一點的單位——感謝滙發地產中介為我提供性價比超高的複式樓！房租不到兩萬，但面積就大到讓你開個幼稚園班都沒問題啦！雖然還需要與陌生老人合住，但可分住樓上樓下，房間也有四五間，孩子也很喜歡看『陸龜俠』，一家都開心啦！」

看著這個好評，我也彷彿被光芒照耀，覺得自己的策劃案促進了三贏的合作，越發得意，也越發坦然地投入忙碌，逐漸不再關注與紙皮龜宅有關的事了。

艾琳偶爾會與我聯繫，但我們聊得不多。有一次，她說自己可能寫不了東西了，因為生了眼疾。我關心了她幾句，她又問我，能否借她一萬？她一定還。我想了又想，雖說自己事業正值上升期，但一萬也不是小數，給了她，也不知是否真的能收回，作為她的學生，我也不好時不時催債，最終我婉拒了。她沒回覆我，我也沒敢再找她。

就這樣又過了幾個月，主管再次派給我一個緊急任務，說是大名鼎鼎的金氏集團可能會和公司合作，拍攝一些危機公關用的短片——但目前還沒有詳情。

當晚，一則爆炸性新聞在坊間流傳：

「巨無霸」金氏集團忽然將全港紙皮回收權一次性買斷。此後，廢棄紙箱將會由金氏集團專員回收、壓癟成紙皮，再運輸至指定區域，從而改造龜宅。沒有了紙皮，也就不存在龜宅——匯發集團自然不同意。激烈談判後，兩者終於簽下友好合約：匯發集團同意被金氏集團高價併購，任由其改造紙皮龜宅。這樣一來，想要維持龜宅魔力的老人，不得不配合金氏集團徹底改造，否則，就只能放棄龜宅所有權，做一個連紙皮也拾不了的駝背老人。

對著這則頭條新聞，我看了一次又一次，竟逐漸從文字間望見了癡呆老人的臉。她那風乾饅頭一樣的臉，已經被老鼠啃空了心，淚水大顆大顆往下掉。

米婭不斷召我開會——這一次，她代表的是金氏集團與我商量危機公關之事，因為有關紙皮龜宅的負面新聞已鋪天蓋地。新聞視頻裏，龜宅老人分化成不同陣營。有的誓死捍衛龜宅：破壞傢俬、裝修，將室友逐個趕走。還有一些徹底絕望，直接自殺。剩下一些對「紙皮龜宅」尚存希望的老人，則集體前往中環靜坐。

「阿筠，你一定要和我們共度難關啊！」米婭握著我的手，又眨了眨她的烏黑大眼。

這一次，我沒有點頭，但也不敢搖頭。

終於捱到了星期天，我無需返工，猶猶豫豫地，最終還是來到中環。剛一出地鐵口，我就被人流擠到遠處，登上天橋。俯視時，我才看到，高樓大廈下的廣場上，駝背老人成片成片，四肢伏地，集體除衫，一個接一個上演人變龜的大戲。我拿出望遠鏡，盯著廣場那一個個向天拱起，佈滿老年斑、皺紋、死皮、疤痕的肉球，彷彿忽然看到艾琳的背影，她弓在電腦屏幕前，小心翼翼地，對著密密麻麻的文字，逐個逐個輕聲閱讀。當她回過頭時，那張日益消瘦的臉，竟向裏凹陷出一個圓弧，乾裂成龜殼的模樣，粗糙的外皮如鈍刀，剜了她的肉，榨了她的血。

## （六）

但日子不會讓人跌到谷底。世界總是絕處逢生。

兩年後，最大型的紙皮龜宅體驗樂園成立。它位於馬灣，與挪亞方舟主題公園連成一片——也剛好在我居住的珀麗灣附近。

為了繼續給紙皮龜宅體驗樂園製作宣傳片，我在導遊的帶領下，入園調查。只見一群群孩子拿了門票就一窩蜂衝進去，迫不及待跑去小劇場，參觀老人變龜的魔術。也有老師帶著學童，進入體驗小徑，陪老人一起，弓著身子拾紙皮。遠道而來的遊客還可以入住龜宅賓館。被改造的陸龜被放在二百呎大小的玻璃房裏。房外就是觀海平臺。住客只須將用貝殼製的鑰匙用力劃過龜殼，它就會向兩邊張開，露出一個小洞。住客將手碰一碰，整個人就會去被吸進入洞中——「歡迎光臨」，穿著陸龜俠制服的駝背老人正趴在地上，歡迎住客的到來。

除此之外，一週一次的龜舞表演也是公園的最大賣點。駝背在這個舞蹈中成了重要的道具。每個老人只需四腳朝天躺在舞臺上，四肢穿上布偶般的戲服，隨著音樂緩慢擺出滑稽動作即可。

「你瞧，那個戴著貓眼鏡，舉著貓爪子的銀髮老婆婆，曾經還是舞蹈演員呢。」——導遊這樣對我介紹著。

# 烏鴉在港島線起飛

「啊——」

就在剛才，香港時間 18:43，我彷彿聽到一絲烏鴉叫。

我之所以認定那是烏鴉叫，是因為我曾在泰國聽過。那是在曼谷，去往大皇宮的路上，烈日底下，我望見寺廟塔尖在澄藍色空中閃著金光。與我同行的陌生旅遊團不顧導遊催促，紛紛舉起手機拍照留念，一行人散落在未有車駛來的瀝青馬路上，像是被風吹亂在河上的舟。就在這時，一片黑葉從他們頭頂叫喚著飛過：「啊——啊——」。哎呀，怎麼有烏鴉！一中年女子哀嚎一聲，連忙收起手機，小跑離開，其他人見狀也彷彿遭了詛咒，跟著她一道逃。但烏鴉仍在高空盤旋，越叫越起勁，像惡童的壞笑，一聲烈過一聲——剛才那聲音，就和我在泰國聽到的，如出一轍。

按理說，香港地鐵裏不會有烏鴉，哪怕是地面、高空，我都曾不見烏鴉飛翔——畢竟這裏是香港。我猜一定是人在學牠，那聲音不遠，就混在等車的隊伍中，與我僅隔了

幾個人頭。聲音急促但高昂，甚至蓋過了地鐵管理員高聲喊的「請不要擁擠——請先下後上——」。我相信其他人都聽到了，但無人回頭張望。我左邊的短髮女人領著四個剛剛齊膝的孩子，低著頭，雙唇飛速撲閃著港式英文，教他們有序等車——女人沒有露出絲毫被烏鴉叫打斷的神情，就連孩子也依然機械地重複不成章的英文；而我右邊的光頭男人持續呼出潮濕的氣息，我瞥了一眼就被那插入鼻孔的透明管子嚇得不敢再望，他的呼吸頻率也不曾因鳥叫而有所更改。我也只好垂下好奇的腦袋，將眼神再次深埋到手機屏幕——畢竟，在目不斜視的香港，輕易向他人投去好奇的目光，會被視為無禮或沒見識。

我其實很少在傍晚乘搭港島線，因為我時常加班至深夜。能趕上高峰，說明我佔了公司的便宜，哪怕被擠成紙片，也值得慶祝。我高興地順著人流，從幾乎垂直的手扶電梯上滾滾而下，再在管理員的指揮下，有序地進入一條等車隊伍，哪怕它已經長得要刺到對面的站臺，大多人都保持著應有的禮貌、友好，像被硬塞到同一張棋譜裏的Z盒國際象棋子，雖然擠得我前胸貼你後背，但依然立得端正，各有尊嚴。

扶手電梯不斷湧來新的棋子，我看高空懸著的指示牌顯示，下一趟列車還有兩分鐘就到達——「啊——————」烏鴉聲再次響起。這回更高昂，像被一指戳在鍵盤不肯撒手的音符，持續起碼五秒，直到頭頂廣播響起曾志偉的公鴨嗓：「歡迎大家乘坐香港地鐵！由於現在是繁忙時段，請大家稍安勿躁，列車馬上就到啦」，這啼聲才驟然終止，彷彿烏鴉嘴巴被強行合上。

人群開始騷動，因為遠方駛來的又是一輛不載人的空車。右邊的男人小聲咒罵，仆你個街啊，死港鐵，搞乜鬼呀……前方的手紛紛舉高，手機屏幕顯示人流泛濫的月臺。左邊的媽媽卻仍在耐心地重複著「please keep quiet——please keep polite——」這樣的英文短句。我趁亂四顧，想尋出一個看似會發出烏鴉叫的嫌疑犯來，但毫無線索，身後的每張臉都充斥著類似的焦躁或麻木，看不出誰有學烏鴉叫的本事或心情。

難道真有烏鴉飛了進來？不，不會的。港鐵製度森嚴，之前背著大提琴的學生都會被趕出月臺，那烏鴉到了地鐵，一定逃不出管理員的手掌心，他們會客氣地請牠出去，畢竟牠自帶啄傷人的武器——我越發確定自己的判斷無誤，一定是人在學烏鴉叫。可烏鴉絕非討喜的動物，誰會有這樣的愛好，還模仿得惟妙惟肖，並敢在地鐵月臺高歌呢？這在香港不是常見的事，除非……

除非他是個瘋子吧。

這個猜測並非空穴來風。我經常在港島線遇到瘋子，尤其是魚龍混雜的中環站。例如，戴著耳機大聲唸詩的古裝男子；拎著ＬＶ手袋、穿著睡袍、舉著座機話筒傾談「一個億」生意的胖女人；穿著紅色聖誕老人裝，四處問人「你有什麼願望嗎？我來幫你實現」的侏儒；西裝革履卻揮舞手臂、對著空氣高聲罵街的印度人。當然，我不確定他們是裝瘋賣傻，博得關注，還是真的精神出了毛病，我只是一個比常人多了一點好奇心的人，但不是精神科醫生。

「叮——咚——」

這一次，載客的列車終於來了。那是一幢被水平放置、裝滿人類的樓，順著軌道在暗黑中穿梭，享受片刻的光明與喘息。安全玻璃門尚未開啟，車裏被擠到門口的人警惕地望向車外，車外的人則像臨開戰的士兵，早已養精蓄銳、各就各位、迫不及待。管理員像裁判一般站在雙方中間，舉起小圓牌，負責地高呼，「請小心月臺空隙，請先下後上」等。我身旁的那個媽媽也連忙指揮，「我拖著細妹，細佬跟著我，大佬同二哥要保護細佬」。

「請先下後上——請小心月臺空隙——請先下後上——」在廣播與管理員的雙重提示下，車下的士兵耐著性子，等車裏的人魚貫而出。好在這是換乘站，車廂裏的人幾乎全部離開，露出一排排猩紅空座；車下的人鬆了口氣，卸下焦慮，恢復以往的禮貌與友好，逐一踩進去，再次填滿空蕩的樓。

我在門邊的扶手旁站著，身邊圍了一圈陌生人，他們彷彿被冷氣吹低頭的向日葵，盯著恆久發亮的手機屏幕。唯有一個女孩在人群中仰頭看天。她背對我而立，脖子長，肩寬，裹了一件深藍色的布製披肩，但肩胛骨那裏鼓出來一塊——可能是背著書包吧。她身旁也站著個女人，看面相不過四十出頭，和她差不多高，側臉蠟黃，嘴唇乾燥、起了皮，毛糙的頭髮被隨意盤在腦後。雖然面帶溫和笑容，但一隻手一直緊緊抓住女孩的肩，怕她跑了似的。女人身後還立著個男人，比她高出一個頭，看樣子也不過四十左右，但自來捲的頭髮幾乎全白了，帶著金絲邊眼鏡，也是不聲不息地望向那女孩。從他們的注視中，我看出來他們是女孩的父母，這連成一線的三個人，就是穿著樸素的一家人，沒什麼奇特。唯一值得我好奇的，就是那女孩的聲音。我能聽到她彷彿在對著車廂頂說話，卻又完全聽不清她在說什麼。也許是個有語言障礙的孩子，我這樣想。就在我瞇起眼，打算盹一盹時，一聲哀嚎響起——「啊——」，又是那烏鴉叫——哦不，準確來說，是我眼前這女孩，正在學烏鴉叫！

這一次，她身旁的人都條件反射似的擰過頭觀望——畢竟大家相互擠著，才隔了幾厘米。

「啊——啊——」她繼續叫著，頭來回晃動，我看不到她的表情，我猜可能是面部猙獰。

她身旁的女人連忙用雙手摀住她的嘴巴，男人伸開雙臂，將眼前的兩人緊緊摟住，好固定住焦躁的女孩。女孩沒了聲響，但不斷地踮起腳，想要跳高。那對男女也不急，依然滿臉溫和地控制住她，彷彿這一切都司空見慣。

乘客很快失去好奇，又逐一沉浸在自己的世界裏，倒是我，總是無法將餘光從那女孩身上移走。我在想，她到底是怎麼了呢。她的叫聲又為何那麼像烏鴉呢。而她不斷抽動的身體，看上去像是焦躁不安，她會不會患了什麼疾病呢？

雖然我經常在港島線碰到瘋子，但很少碰到這樣的問題少女，倒是在經過眾多公屋的觀塘線，碰見過一些唐氏綜合症兒童。印象深刻的是上個星期三，我在彩虹站上車，對面坐了一排四兄弟，長得幾乎一模一樣，皮膚蒼白，腦門寬又癟，小圓眼睛，眼角向上挑，鼻孔略微朝天翻，嘴唇厚，下巴上爆滿暗瘡。但又與我印象中的不同，他們小小年紀，已經人手一部 iPhone，用短粗的手指在屏幕上劃來劃去，咧著嘴，短著舌頭說笑，聲音高亢，結結巴巴，聽起來有些吵。我一直以為他們是搭伴出來玩，直到最右邊那男孩拍了拍他身旁的女人，我才知道，那是他們的媽媽。媽媽和男孩對話時，幾乎連頭也沒回，依舊死死盯著她的手機，自顧自地笑。男孩見媽媽沒什麼反應，就繼續轉向他的三個兄弟，顫抖著胳膊，舉起手機，臉部肌肉抽動了幾下，只聽「咔擦——」一聲，他開心地笑了——原來是在玩自拍。

就那樣，我看著那四兄弟互相玩了一路的自拍，毫無邏輯地蹦著單詞，而他們的媽媽彷彿早就聽慣了兒子的吵鬧，安靜地坐在一邊，享受自己的快樂。

「哎呀——」

眼前那女人忽然叫了一聲，舉起手來，彷彿是被女孩咬了一口，向後一踉蹌，踩到了緊緊挨著她的男人。男人也忍不住稍稍鬆開了胳膊，女孩隨即就從他們的束縛中掙脱。只見深藍披肩脱落，一對黑色的羽翼露了出來！它們不知被誰折疊，羽毛耷拉著，毫無光澤，一條包裝禮品時常見的塑料繩將它們捆綁住，就像捆豬蹄那樣。

這一下，乘客真的被嚇壞了，再也不管什麼禮節與友好，盡可能地向周圍散去，可車廂擁擠，能活動的空間不多，很快就有人被推、被踩，哎呀呀的嘆聲響成一片。

女人連忙拾起披肩，將女孩緊緊裹住。這一次，她終於沒了溫和笑容，皺起眉頭。男人稍顯不安，但總體還算鎮定，揮起手對人群説，別害怕，別害怕……我女兒不傷人，不傷人……

我看到不遠處有人偷偷舉起手機，想要拍下這幕，我故意閃過去，擋住了那人的視野，但不知道其他角落還有沒有鏡頭射過來。

我都跟你講了，讓你不要帶她坐地鐵，你不聽……女人一邊摟住女兒，一邊擰過頭低聲埋怨著。

沒事，沒事，馬上就到，馬上……男人再次攬住她們，保持微笑。

這時候女兒做了一個動作，讓我呆住：她望向女人，露出淡淡的笑容，握住了女人的手，再拉過男人的手，三隻手疊在一起，她低下頭親親吻了一下，就像鳥兒啄米那般。就在男女皆露出欣慰笑容，放鬆警惕時，她猛地甩開他們，揭下身上的披肩，擰成一條，握在手中，像揮鞭子一般抽動著，同時奮力向上跳，嘴裏發出烏鴉般的叫聲：「啊——啊——啊——」。

「叮咚——叮咚——」

光明的月臺景象逐漸駛入窗外，車停了。

人們紛紛趕著下車，騰出一條道路，女孩抽著她的布鞭子，像趕著一匹隱形的馬，跳躍著出去。我本想跟著去，但轉念一想，還是不要給這家人帶來陌生的干擾。站臺人潮洶湧，我完全聽不到她的烏鴉叫了。從我這裏望去，無聲的她，看起來像一個跳著秧歌舞的黑羽翼天使。

人們又紛紛上了車，恢復原有的姿態。我看到男女將她領到角落，一個不輕易被路人看到的地方，男人按住她的肩膀，女人解開綁住她翅膀的繩子，隨即綁到她的右手上，下一秒，男人鬆開了手，她「噌」地一下，飛起來，頭頂著天花板，黑色的翅膀在空中撲閃啊撲閃啊撲閃——

那一刻我又有點後悔，我剛才應該追出去，什麼廢話也無須説，只須溫柔撫摸那純黑、罕見卻並未被善待的羽翼。

但我恐怕沒有這個機會了——「叮咚——叮咚——」，車門關上，地鐵飛速駛入全新的黑暗中去，我看不到那對翅膀了。

# 我能再見你一面嗎

## （一）

手機在袋裏振動的時候，阿芋正在香港文化中心陪客戶的千金看冰上芭蕾。她瞥了一眼手機螢幕就摁斷了來電，但心思卻再無法集中到臺上的舞動。來電者是她前男友何木的媽媽——湯阿姨。阿芋與何木交往的四年裏，湯阿姨待阿芋不差。就算是阿芋與何木分了手，她也會在朋友圈裏祝阿芋生日快樂。猶豫一陣，阿芋還是貓腰摸黑、走出了禮堂。

阿芋靠在迴旋扶梯邊打電話，「嘟——嘟——嘟」的聲音讓她回想起上一次與湯阿姨通話的情景。那是一週前，湯阿姨急燎燎地問她，聯繫過何木沒有？他有三天沒回家了。阿芋第一反應是吃驚，接下來才是擔心。她知道何木是個戀家的人，大學畢業就搬回家住，沒什麼大事，不可能夜不歸宿。但礙於情面，阿芋清清嗓子告訴湯阿姨，沒有啊，

我們很久不聯繫。雖然湯阿姨沒再追問，但阿芋還是幫著問了幾個要好的大學同學。他們有的告訴她，何木好久不跟他們玩，不知道死去哪了，有的又告訴她何木好像在做大生意，忙著呢。她不知道該信誰，不過聽上去何木沒什麼大礙，也就沒再找湯阿姨。畢竟分了手，她不想讓自己尷尬。

「對不起，您所撥打的電話正在通話中……」

阿芋的電話被掛斷了。緊接著，湯阿姨的微信就來了。阿芋打開一看，又仔細讀了幾遍，才敢確認信息裏的內容。

湯阿姨打字告訴她：

「阿芋，別費心了，我有阿木消息了。情況有點複雜：他涉嫌金融詐騙，被對方找人給砍暈了，現在躺在醫院，還不知道能不能醒……怕是醒了也會被抓起來吧。有了新消息再告訴你，打擾了。」

最終阿芋還是認真看完了那場冰上芭蕾。俄羅斯演員一一出來謝幕時，她還站起身來奮力鼓掌。出了文化中心，整個香港已經沉浸在淡紫色的暮色裏。阿芋帶著客戶的千金去尖沙咀買了 Miu Miu 手袋，又陪她在海邊照了不少相片，才送她去港澳碼頭。

當千金少女戴上墨鏡，邁開纖細長腿踏進去往澳門的關口時，阿芋才終於卸下擔子，靠在銀灰色的圓柱子邊，像一條失了水的蝦。她掏出手機，翻開微信，從好友列表裏找到何木，點開他的頭像看了看。那是一個卡通版的人像，蓬鬆的捲髮堆在黝黑的面頰上，一雙圓眼藏在黑框眼鏡後，厚厚嘴唇咧著憨笑——那是她剛剛認識他時，用一個App給他畫的。他一直留著做頭像，無論是爭吵還是分手，他都沒有換掉。

她再點開對話方塊。那裏還留著何木給她發送的最後一條信息：

「我能再見你一面嗎？」時間顯示是五個月前。

阿芋摩挲著對話方塊，彷彿摩挲著何木的臉。隨後她又覺得這個想像不真實。何木皮膚糙，接吻時下巴的鬍子茬會刺得她癢癢。想到這，她逼迫自己停下來。她需要強烈的麻痹，才能面對現實。

於是她搜出好友米婭的微信，留下語音：

「在哪裏？我不高興，出來喝酒？」

## （二）

中環蘭桂坊的夜晚迷離在半山坡。坡路上的酒吧是傾斜的，摟摟抱抱的男女是傾斜的，跌跌撞撞的酒鬼是傾斜的，就連灑落在地上的情愛、憂愁、空虛，通通都是傾斜的。

阿芋就坐在「Gallery」靠門邊的長形吧臺邊，遠遠望見米婭從低處爬上來。一個月未見，米婭又換了髮型。齊耳的短髮在霓虹燈下泛著銅綠光。嬌小的身子藏在鬆垮的水袖衫裏，像蝴蝶精靈一般飄上來。

阿芋與米婭說了何木的事情。

「詐騙？」米婭一邊咬著墨西哥玉米片，一邊問，「為什麼？」

「我覺得是因為我。」阿芋說。

那是去年冬天，阿芋與何木冷戰半個月後和好，並相約去泰國旅行。在湄南河的輪船上，他們再次因為「錢」鬧得不愉快。

「那次玩得也不開心，他總走開去接電話，又時不時地跟我說，要我相信他，他真的在做生意，很快就賺到錢，然後娶我。那天是我們在泰國的最後一天，他忽然跟我說，這次的旅行費用全部都是他墊付的。我一愣，然後說，是啊，等我回去我把我的那份還給他。結果你猜他說什麼？他說，要我把他的那份也給付了，等他有錢了再還給我。」

阿芋點了根煙：

「你知道，我也不是那種非要男人養著的人。他家條件不好，所以大學時我一直和他AA——可這不代表我要一輩子遷就他，甚至養著他。他把我當什麼了，提款機嗎？」

米婭點頭，表示理解：

「那你給他錢了嗎？」

「給是給了。但我之後做的一件事令我覺得自己特別混蛋。」

「怎麼了？」

「我把錢轉給他之後，就跟他分手了。」

阿芋幾乎沒和人說起過那段痛下決心割愛的日子。無論何木怎樣打電話、發微信來轟炸，她採取不聽、不理、不想的態度，全心投入到各種商業會議中。那時她剛剛研究生畢業，在創意工作室做初級公關，現在已跳槽到４Ａ廣告公司當市場策劃。但就算一個月拿一萬八港幣也過得拮据——光是房租就得花她一大半工資。

「想想我也蠻狠心的。我那時以為，他還是跟以前一樣，嘴上說著賺錢，實際上安於現狀。但我沒想到……」

米婭大手一揮，打斷阿芋：

「過去了就別想了。說不定他根本也不是為了娶你才去詐騙呢？男人嘛，別把他想得太浪漫。再說了，就算你真的回老家跟他結婚了，你也不一定幸福。二線城市的生活，你還想繼續過嗎？」

阿芋不置可否，自顧自地看著煙頭如淚眼般亮著紅光。她記得何木第一次來香港看她，她就帶他來這裏玩——那天是他們的紀念日。何木看了看酒水牌後，點了一杯黑啤，隨後對阿芋說，如果以後結了婚，恐怕不能經常帶她去這樣貴的地方消費，因為他想兩個人一起多攢點錢，先交個首付買房。那時她覺得他小氣。此刻回想起來，這恐怕是一個窮小子對婚姻最純真的責任感。只是她怎麼也想不到，自己竟會逐漸將這份純真推入罪惡深淵。

想到這，阿芋忍不住喃喃自語，像是夢囈，又像是懺悔：

「你知道嗎？和他分手以後，我其實並沒怎麼想他。香港那麼美，可以愛的人又那麼多。工作，社交，金錢，機會，紛紛填滿我的腦子。升職成功的時候，我甚至還會覺得，如果不是因為甩了他，我恐怕沒有這麼好的運氣——和他戀愛，費了我太多時間和心思。可今天，我忽然知道他的消息，反而開始記掛他。就算我現在和你說著話，腦子裏想的卻是他。我依然能看到他的臉，看到他的眼睛。它們無比憂傷地盯著我，跟我說，『我能再見你一面嗎？等我有錢了，我就娶你。』說真的，我從來沒有像現在這樣想念他，關心他。我想知道他過得好不好，想知道他有沒有怪我……」

米婭見眼淚掛在阿芋臉上，連忙從包裹抽出紙巾遞過去。阿芋接過來擦了擦眼角，又說：

「我想和他再見一面。我也不是想跟他和好，我只後悔沒和他好好告別，畢竟他曾是那麼重要的一個人……但你覺得，還會有這種機會嗎？」

## （三）

阿芋再和米婭相聚的時候，已經是一週後。米婭前一晚發資訊告訴阿芋，她忽然想到一個好辦法，可以讓阿芋再見何木一面。阿芋問米婭是什麼辦法？米婭賣關子：

「明天下午茶時間，你再來 Gallery，我給你見個人，你就明白怎麼回事了。」

星期天下午的 Gallery 沒什麼生意。米婭一見阿芋，就拉著她一路小跑，穿過打掃桌椅的服務生、立著樂器的舞池，噔噔蹬蹬地踏上木質樓梯，爬到二樓。那是個閣樓，天花板偏低，兩個人都得貓腰走路。

閣樓沒有開燈，三盞小圓桌立在昏暗中，而離她們最近的那一盞邊，坐著一個男人。他戴著黑色口罩，一雙眼深凹在眉骨下。這眉眼令阿芋感到熟悉，只是想不起來是誰，直到米婭走上前，摘下他的口罩。

「啊……」阿芋欲言又止，她對著那男人尷尬地笑笑，轉臉把米婭拉到一邊：

「這不是你給我看過照片的那個……在銅鑼灣豔遇的，來香港旅遊的日本大學生？」

米婭點點頭：

「就是他啊！你還記得？」阿芋翻了個白眼：

「當然了……你倆約會把我叫來幹嘛？」

米婭斜嘴一笑，一轉身，一揚手，「刷——」，那張英俊的臉皮就從男人頭上被扒下來，而依然立在脖子上的那張臉，瞬間陌生——阿芋嚇得捂住嘴，連忙往後退。

男人見狀立馬站起來：

「小姐您別怕，請允許我自我介紹——」他一路膊九十度擺在腰間，另一路膊筆直貼在褲子邊，對著阿芋淺淺鞠了個躬。紳士的行為令阿芋稍稍放鬆警惕。

「我是完美戀人演繹館的五號先生，Jason，這裏是我的名片——」一張淡粉色的桃心形卡片被遞到阿芋面前。阿芋捏過來看，上面的文字資訊與男人說得相符，還印著一串位址和聯繫電話。

「我們公司的創始人是特效化妝師 Martin Wong，您聽說過嗎？沒聽說過也不打緊，您可以上網搜搜，有他的簡介。香港電影業越來越不景氣，您也知道，為了更好地生存，Martin 就與 Perfect Match 婚介公司合作，開了一個工作室，為那些想要和心目中完美戀人約會的人提供服務——」

「簡單來說，就是你可以把何木的照片傳給他們，然後他們就能想辦法給你弄出一張與何木無限相似的模擬臉皮來！」米婭忍不住在旁邊幫嘴，「除此之外，還能給你找一個與何木身材最相仿的演員來扮演他，和你見最後一面——圓了你的心願，免得你總惦記著！」。

「米婭小姐說得很對，我就是她約來的日本男朋友——阿里嘎多，愛喜爹鹿！」男人模仿日本人的方式對著阿芋連連鞠躬。

阿芋聽明白了。她看看米婭，又看看那陌生的男人，什麼也沒說，拉開椅子，緩緩坐下。昏暗中，阿芋彷彿又看到了何木，看到他鬍子拉碴，一臉滄桑，穿著血跡斑斑的病號服，帶著手銬朝她走來。

「我能再見你一面嗎？」何木喃喃說道，「等我有錢了我就娶你，好嗎？」

## （四）

在「完美戀人演繹館」的官方網站上填寫客戶資料、簽署了保密協定，上傳了何木的照片、視頻乃至音訊，並支付一千港幣的訂金後，阿芋在星期一下午收到了一個女人的來電。

「您好，請問您是林芋小姐嗎？」女人的聲音輕緩溫柔，讓人難起戒備。

「是我。」

「我是完美戀人演繹館的客服專員 Karen Chan，工號是 0901。按照公司規定，我需要在開始服務前與您核對個人資訊。為了保證我們的服務品質，這通電話內容將會被錄音。若您清楚明白，請於『滴——』一聲後輸入『＃』號鍵，好嗎？謝謝。」

阿芋照做了。

順利與 Karen 核對完資訊後，阿芋接受了長達十分鐘的對答訪問。在一問一答間，阿芋清楚闡述了她與何木的交往、冷戰、分手、絕交、直到再收到他壞消息時，想要再見他一面來完美告別的執念。最後，她從「浪漫約會」「甜蜜遊玩」「惡搞派對」「日常偶遇」中，選擇了最後一項作為見面類型。

「林小姐，您的資料我已經全部輸入到完美戀人演繹館的後臺軟體裏，三天內，我們將會為您挑選出最合適的演員。而有關『戀人間最後告別』主題的『日常偶遇』，將會在其後的一週內完成。請問對於這方面內容，您還有什麼想要諮詢的嗎？」

阿芋想了想：

「如何保證你們找來的人能完美出演我要的何木呢？」

「是這樣的，根據您剛剛填寫的調查問卷，我們的表演培訓師會為當日演員設計最符合何木先生的角色背景、劇本大綱、場景設計及人物對白。而我們公司簽約的演員也都是曾與 Martin Wong 合作過的專業人士。以他們即興演出的能力，一定能為您提供一場完美偶遇式的告別。」

聽上去不錯。當然也有誇大其詞的成分。不過想起那個扮演日本大學生的男人臉皮，阿芋又覺得它逼真如夢。儘管這一次「偶遇」就要花費阿芋五千港幣，但如果能了結一樁心事，也值得。

「支付方法是怎麼樣呢？」阿芋問。

「當『偶遇』結束後，您將會收到一條系統消息，點擊資訊裏附帶的網址後，您就算確認完成了此次服務。在這之後的二十四小時內，您只須於完美戀人演繹館的官方網站上進行線上付費即可。如果您對於我們的支付方法沒有異議的話，請在『滴——』一聲後，再次按『#』號鍵，謝謝。」

試試吧，阿芋鼓勵自己，按下了「#」。

那一瞬間，她有一種莫名其妙的放心感。彷彿擠壓許久的內疚，就在下單的這一秒，化成氫氣球，飄遠了。

三天後的早晨，阿芋果然收到了來自完美戀人演繹館的短信：

「林小姐您好，我們已為您尋找到匹配何木先生個人資料（包括年齡、身高、三圍、臉型、聲線、語言、口音等）的演繹專員，並會在接下來的一週內完成您預訂的『偶遇』服務。請您密切留意，謝謝配合。」

「密切留意」這四個字引起阿芋好奇。虛擬的何木會以怎樣的方式出現在自己眼前呢？見到他，她該說些什麼呢？這令她犯了難。為了給自己留下完美的告別，她一有空就在網上搜索一些與「偶遇」有關的視頻，並對著自拍鏡反覆練習：

你好嗎？還好。停頓。微笑。欸，你怎麼來了？眨眼。揮手。好久不見啊！張開手臂，擁抱。低頭，歎氣，搖頭，唉，你知道嗎，我一直很想你。停頓。微笑。你好嗎？還好。嗯。好的。如果你好的話，那就好了。微笑。沉默。

每當行走在公共空間，阿芋的餘光便不敢閒下來，生怕錯過了那張何木的臉。過份用心反而讓阿芋陷入一種類似於失戀的狀態。無論是開會、見客、做企業策劃，甚至是睡覺，也心不在焉，像處於風雨欲來前的陰天，渾身不自在。為了調整自己，她那天喝了伏特加才睡。夢裏，她彷彿回到了老家，站在貼滿小廣告的破舊公車站等待。一輛冒著烏黑尾氣的中型巴士揚塵而來。佈滿污漬的車窗邊，她看到何木。他穿著大學籃球隊的訓練服，戴著耳機，眯著眼，靠在欄杆邊打盹。

何木——她在夢裏喚他，他聽不見。她小跑過去，對著窗戶揮手，何木——他還是不理。車開起來了。車窗也向前移動。何木——她在自行車道上就跑了起來——何木——她一路跑一路喊，但車開得越來越快，她看不到他了，他消失在夢裏。

鬧鐘吵醒了她。早上九點了。她擦乾眼淚，囫圇梳妝，衝去上班。這一切快結束吧。她想著，何木，讓我再見你一面，我們就兩不相欠，相忘於江湖吧。

祈禱起了作用。那天中午，阿芋終於再次收到來自完美戀人演繹館的短信：

「林小姐您好，請您明天早上九點在北角地鐵站月臺第五號車廂門口等待，您會有意外驚喜。」

那天晚上，阿芋怎麼也睡不著。又不敢喝酒，怕睡過頭，也怕第二天水腫。數羊吧。一隻羊，兩隻羊，三隻羊。一個何木，兩個何木，三個何木，四個何木……

醒來的時候天才剛亮。阿芋精心打扮，穿了何木曾經說最喜歡的一條裙子——檸草黃色的背帶裙，並用電髮棒捲了捲齊肩的棕色頭髮。敷面膜的時候，她打開 iPad，鬼使神差地，登陸上了許久不用的人人網，找到大學時建立的加密相冊，那裏存滿了何木與她的照片。

那時她還蓄著齊瀏海，離子燙的長髮筆直地貼在後背，穿糖果色T恤，牛仔短褲。對著鏡頭與何木接吻。她想起他們第一次接吻。在學校走廊的拐角，她還在嘰嘰喳喳說著什麼，何木越看她越呆滯，緊接著他的嘴唇湊過來。她感到胃在燃燒。短暫的幾秒後，他們誰也不說話了，手拉手走著。她的胃被羞澀填滿了，鼓鼓脹脹地。此刻，她嘗試讓自己的胃再燃燒起來，以至於見到何木的時候，能給自己畫下完美的句話。但醞釀一陣，她只感到肚餓。

八點半的北角地鐵站人潮洶湧。每次在此換乘，阿芋都覺得自己進入了一場生死搏鬥般的百米衝刺，穿越人流，在警報響起的前一秒踏入車廂，通往經濟更發達的港島。而阿芋的公司就在北角附近，一棟甲級商務大廈裏。

為了不影響工作，阿芋前一晚就跟公司請了半日病假。她給自己留足了告別的時間。人來人往，何木還沒有出現。她對著自拍鏡溫習微笑。

九點差十分的時候，阿芋忽然收到完美戀人演繹館的電話。

「林小姐早安——」Karen 在電話裏說。

「早安。」阿芋緊張四顧，「何木在我附近嗎？」

「林小姐，非常抱歉地告訴您，出演何木的演員昨晚發高燒，今早完全失聲，無法與您進行『偶遇』。真是太不好意思了，不過您千萬別擔心，我們會盡快安排新的演員與您會面，好嗎？」

阿芋愣了。

「喂？林小姐？」阿芋掛斷了電話。

一輛列車呼嘯而來。玻璃安全門開啟，新的人流從車廂裏湧出來。

望著烏泱泱的人群，阿芋感到無比失落，就像飄在空中的氣球被地上的人打了一槍，一秒洩氣跌下來。這感覺令她忍不住自責。太傻了。她想，怎麼能全心全意寄希望於這種虛擬的偶遇呢？你以為見到一個化身，就可以撇清所有責任嗎？頂多是一場遊戲罷了。林芋啊林芋，身為一個廣告人，你居然讓自己的內疚被消費了一把。

列車關門，再次啟程，阿芋也走了起來。為了讓自己迅速從失落中走出來，她一邊走著，一邊點開郵箱——擱置了一整晚的工作郵件都在等她處理。

就在阿芋即將走進通往出口電梯時，她的胳膊被拽住了。她順勢一回頭，一張熟悉的臉出現在她視線的斜上方。

那一秒，阿芋僵住了。什麼微笑，什麼對白，什麼擁抱，她通通忘記了。世間萬物在那一秒凝固。她感到自己的一切都在下沉，從額頭，到眉毛，到面頰，再到嘴角。她想張開嘴，叫出那個在惡夢裏出現多次的名字，那個在四年的日夜裏都曾被她掛在心頭的兩個字，但是卻動不了。她感到自己成了一棵枯樹。

眼前的臉卻不那麼僵硬，他見她不言語，倒輕輕一笑——厚厚的嘴唇咧開。她這才彷彿被施了咒語一樣，活了過來。

「是你嗎？」阿芋輕輕問他。

他點點頭，蓬鬆捲髮順勢在腦門上抖了抖。掛在鼻樑上的黑色鏡框有些舊了，鬍子茬還是那麼顯眼，像總也剃不乾淨似的，黝黑的面頰上有輕微的痘痕，他總自嘲說那是青春的痕跡。

太像了，她想著，真的太像了。她禁不住伸出手來，差一點要碰到他的臉，被他打斷。

「我來香港辦點事。」他忽然開口了。那樣熟悉的，帶著家鄉口音的國語。

「什麼？」她還沒回過神。

「你聽說過 B1B 保險公司吧？我在那裏工作，今天剛好來香港分部開個會。」

「喔……」

阿芋這才注意到，何木改了裝扮：寬厚的肩膀被銀灰色的西服束縛，筆挺的西褲配尖頭牛皮鞋，令他看起來更高大。

「來的時候我還想，會不會碰見你呢，真是心想事成啊。」他笑起來。

這憨厚的笑聲令阿芋犯迷糊。這到底是真的何木還是虛擬的？為了掩飾內心的疑慮，她只能也跟著笑了笑。

「你怎麼樣啊？」說著他看看錶，「還在九龍灣上班？」

「沒有了。」她搖搖頭，「我換了新公司，在北角的安富大樓。」

「那我們還蠻近啊，我在炮臺山，B1B 大廈，你知道吧？」她點點頭：

「怎麼會不知道呢？我們就隔了半站。」

「那我送你去上班吧，然後我再走路去公司。」

何木真誠地盯著阿芋，她感到這雙眼太熟悉了，眼神模擬到嚇人。

兩人並肩走起來。穿梭在人流中，阿芋刻意讓自己走得慢一點，她想從何木的背影與走姿裏分辨真假。但看了幾眼，她卻忽然發現，自己根本想不起回憶中的何木，與此刻的何木，究竟有什麼分別。她只好加快步子，走回何木身邊，採取另一種方法：微微側頭盯著他，持續了幾秒——何木毫無察覺。

不，他不是何木。阿芋想。每當自己凝視何木的時候，他都會有所回應，立馬回過眼來與她對視。

對，他只是演員，若是何木，絕不會像此刻這般灑脫。

這麼一想，阿芋放鬆下來，享受著與虛擬何木並肩行走的感覺。不遠不近的距離讓她彷彿回到了與他第一次約會的情景。那時他們還只是最好的朋友。那是在老家的長江大橋上，他們蹺課出來，吹著江風，看著車輛匆匆往來，對著灰濛濛的天空許願，一定要一起離開那所破大學，離開這個灰頭土臉的城市，到一個陽光燦爛、天藍水綠、遍地是金子和機會的好地方去。想到這，她覺得夢想的生活其實已經實現，只是夢中人被改寫了命運。

「對了——」何木忽然側過頭，嚇了阿芋一跳。

「你怎麼總是一驚一乍。」阿芋笑著瞪他。何木撓著腦袋，一臉尷尬：

「我媽還說呢，讓我跟你道個歉。」阿芋一愣，笑容凝固。

何木接著說：

「她之前不是找你嗎，說什麼砍人啊，詐騙啊，你可別信，那都是她瞎編的。」

「瞎編的？」

「是啊。我最近交了個女朋友，她說什麼也不喜歡。那天我們吵架，她就說，要想辦法把你給哄回來。結果她就跑去騙你，哪知道也沒等到你回來，就心虛跟我坦白了。我當時就說她，打擾你幹嘛？你在香港忙得天昏地暗，回頭影響了工作，拿不到簽證，沒法留港，這責任誰付？她一想也是，就讓我趕緊跟你解釋。我這不是怕影響你工作嘛，也不知道該怎麼開口。還好今天碰見了，一次過都給說清楚了。我媽這人也不壞，人老了有些任性，你千萬別往心裏去。」

阿芋連忙擺手：

「怎麼會呢？湯阿姨對我那麼好，再說，我一直也不信，我就知道這些事不會砸到你頭上，真的。我就知道，你肯定能賺大錢，娶個好老婆。」

何木聽完哈哈笑起來，阿芋也跟著笑，使勁笑。

陽光從遠處射進來。他們已行至出口。人流停滯在斑馬線前，紅燈在對面亮著。

何木又看看錶：

「你往哪邊走？」阿芋指指前方：

「我公司就在對面了。」何木點點頭：

「那行，那我往那邊走了。」他指了指左邊。

「去吧。」阿芋對他微笑。

「那……再見了？」

「嗯，再見。」

何木與阿芋相視一笑，他轉身離去，她還沒有。她忍不住看著他的背影，依然希望能從中看出一絲破綻來。

綠燈亮起，阿芋這才收回目光，向前走去。人潮從四面八方湧來。望著密密麻麻的陌生的臉，她忽然覺得，剛剛遇見的，恐怕真的是何木，一個對過去釋懷，對她再無愛恨，甚至一丁點責怪、懷念也不存的何木。可這是她想要的結局嗎？她忽然期盼手機能在此刻震動起來，她希望能收到完美戀人演繹館的確認資訊。那資訊應該是這麼寫：

「林小姐，您的『偶遇』服務已完成，是不是很驚喜？」

紅燈再次亮起，阿芋已經走到了街對面。她感到一種全新的情緒取代了她對何木的愧疚，令她覺得此後的她不再是她，何木也不再是她記憶中的何木。那是什麼樣的情緒呢？她想不到形容詞。

不過，她決定先不去想——病假還剩下兩個小時，可得好好利用。於是，她在街角拐彎進了星巴克。

當咖啡奶泡爬上嘴唇時，阿芋終於找到合適的詞彙來形容內心的感覺——那恐怕是愛情徹底消散後的、無窮無盡的空白。

# 餓牛

今天是星期六，也是女兒的三歲生日，我帶她去美崖公園郊遊。那是一座小島上的高原，澄藍晴空飛滿風箏，層層疊疊，取代了鳥的翺翔；帳篷像小山坡，此起彼伏，鮮艷野餐布如大地的補丁，不規則地拼貼著。沐浴陽光的人彷彿擱淺在灘邊的大魚，醉生夢死地躺在繽紛色彩上，千姿百態的食物就散在手邊，時不時扔進嘴裏，或留給鏡頭來拍攝。地上的草很淺，被陽光燒得枯黃，走幾步就踩到焦黑的乾土，那是篝火給草地留下的傷疤。我們向高原邊緣走去，一片綠油油的植物好似屏風，弱化了懸崖的陡峭，遠遠望去，深淵下是海，無窮無盡，海浪用力拍打山腳石灘，巨石沉默著，任由浪塑造自己的形骸。

我想讓女兒站在綠植前拍照，但她的注意力卻被別的事物吸引——不遠處的空地中，一群人正在圍觀一頭牛。

美崖公園時常出現牛，附近的漁村裏有人養牛，但這牛似乎是野生，因為耳上沒掛

名牌。起初我擔心牠有攻擊性，不敢靠近，但仔細看了看，又覺得牠瘦得可憐——太陽光將其啡色毛皮曬得很薄很薄，皮下排骨清晰可見，像竹竿架子，撐起一整個肉身。許多人給牛拍照，或對牠大聲呼喝，但牠不理，只是專心致志地埋首咀嚼，一對牛角在陽光下烏黑油光，像兩把梳。牛嘴下有一個午餐盤，裏面放著蘋果塊，鮮橙丁，青瓜片，生菜葉，不知是遊人遺漏的，還是誰特地餵給牠的。

正看著，有人擠了我一下，我趕緊抱起女兒，生怕她被踩，好在她安全無恙，依然饒有興趣地盯著牛。一個粗壯的中年男人闖到我們前面，戴著灰色遮陽帽，連帽垂布搭在左右臉頰，黝黑四肢暴露在烈日下，汗毛濃密好似猩猩，肩上扛著個小男孩，虎頭虎腦。一對母女也跟了過來，女人又高又胖，睡袍般的米色長裙佈滿油漬，面黃皮糙，牽著個少女。少女身材高大，駝著背，脖頸彎彎的好像蝦仁，胸部已微微隆起，但依然穿著窄小童裝，馬尾辮隨意扎起，低著腦袋，額頭扁平。

「隻牛好瘦啊！」男孩驚呼。他看上去和我女兒差不多大，都是喜歡亂講話的年紀。

「牠點解那麼瘦呢？點解呢？點解？」男孩重復這問題。

「因，因為，無，無野，食。」胖女人回答。

「點解無野食？點解呢？點解？」

「個天，個天好熱，好熱，草，草乾了，牛就，牛就無野，無野食，就，就瘦，瘦了。」

「收聲啦！肥婆。」男人忽然喝止她，斜起嘴角，似笑非笑地說，「如果食得少就可以瘦，你就不會那麼肥了。」

男孩聽到這，爆發出一串笑，咯咯咯的。

「阿仔，」男人繼續說，「你看你媽，是不是比那隻牛還肥啊？」男孩笑得更厲害了，誇張地將身子往後仰。

胖女人也跟著笑，咧開厚唇，露出齙牙，發出吭哧吭哧的喘息，並伸長胳膊兜住男孩後背，防止他從高處跌落。她身後的少女便無人牽手了，皺起眉，噘著嘴，一雙眼眨得飛快。

「媽咪，」我的女兒也說起話來，「我可以餵牛牛食蛋糕嗎？」

女兒的聲音清脆，好像撥弄豎琴發出的音符，引起周圍人的注意，我感到他們投來的目光彷彿無聲地說：多可愛的小天使啊！就連前面那男人也回頭看——看了一眼，又看一眼。當他斜著嘴對我們笑時，我覺得不安，抱著女兒疾步走開。

「牛牛不鍾意食蛋糕啦。」我一邊走，一邊對女兒說。

「但牠好瘦，點算好呢？」

「會有主人餵牠食好野的，你放心吧。」

女兒沒有回答我，眯起雙眼，似乎陷入思索。我不想讓她繼續想著那頭牛，於是岔開話題：

「如果媽咪肥了，你會覺得媽咪是隻牛嗎？」

「媽咪不是牛，」她豎起食指搖了搖，「媽咪是 princess。」

「我是 princess 呀，那你是什麼呢？」

「我是 little princess。」

說到這，她自己又高興起來，對著藍天哼起歌來。

美崖公園的人實在太多了，那些有樹蔭、迎風望海的佳座，不是早已被佔據，就是被牛糞玷污。沒辦法，我們只得在一個並不平滑的坡面坐下，雖然坐著不太舒服，但可以看到山下的大海，層層疊疊的石灘上，遊人來來往往，微小得像某種蟲類，好奇地爬來爬去。

女兒吹泡泡，陽光下，一個個玻璃球似的氣體飄起，又破碎，五彩斑斕。我不讓她跑遠，故意用樹枝戳在地上，在我們四周畫了個一平米的圓。

「這是孫悟空用金箍棒畫的，」我用《西遊記》裏的橋段嚇唬她。

「假如你出了這個，妖精就會捉走你。」

這樣一說，她反而更興奮，揚起圓嘟嘟的小臉，甩著微捲的童花頭，在邊緣奔跑，吐出一串彩色氣泡般的笑聲。我看著女兒，陽光像畫筆將她肉呼呼的四肢塗成金黃色，小肚子在海魂衫下若隱若現，奶白色的蓬蓬裙在膝頭上快速旋轉，好像浮雲被捲入旋渦。

好得意的妹妹啊——我聽到路人這樣説，他們像欣賞櫥窗裏的洋娃娃，逗她説話，問她幾歲了。人越多，女兒越淘氣，故意做鬼臉。

忽然，一個足球飛了過來，正好砸到女兒頭上。如此精準，用力，以至於讓我懷疑是故意的。

女兒大哭，我趕緊撫摸她的額頭，對著痛處吹氣。

一個瘦小的身影飛過來，迅速捲走球，我回頭一看，才發現踢球的正是剛剛偶遇的那對父子。不知何時，他們一家人搬到我們身後坐著，母女倆在吃力地佈置帳篷，小男孩自顧自踢球，而那中年男人，則除下帽子，露出光頭，一邊扇風，一邊朝我們走來。

「阿妹，無事啊嘛？」他在我女兒面前蹲下，斜著嘴問她——這時我才看清他的臉，方形面，顴骨高，一雙刀眉下，眼球渾濁、圓鼓鼓，嘴唇發紫，泛起死皮。

我趕緊把女兒摟到懷裏，但來不及了，他已伸出手，摸到了我女兒的頭——

「啪——」，我一把將他的胳膊打開。

「欸，你做什麼啊，我關心你個女，你打我？」他似笑非笑地看著我。

我不想與他糾纏，抱起女兒，往別的方向走，男人卻快步走到我前面，擋住我：

「喂，你個女是不是受傷啊，要不要我帶她去醫院啊？」還是那樣似笑非笑的臉，無賴，疲軟，像一口飛來的唾沫，令人不安。

正在我猶豫如何回應才能安全解脫時，一個龐大的身影快速襲來，像樹蔭遮住我的視線——那胖女人來了。

她一把鉗住男人的胳膊，並咧著嘴跟我道歉：

「So，sorry 啊，sorry……」

還不及我作出回應，男人便好似被按到水裏的皮球，一下子飛彈起來，反手就是一巴掌，甩向女人的後腦勺。

「你講乜野啊？死肥婆！」男人呵斥她。她沒回應，繼續死死扣住男人胳膊。

男人掙扎了幾下，都無法掙脫那隻胖手，只好繼續扇她的後腦勺，一邊敲，一邊說：

「死肥婆，又發癲？係咪想死，係咪呀？」

他的聲音很低，嘴角始終保持玩笑般的弧度，彷彿在推一隻不倒翁那樣輕鬆。路人來來往往，有的看著那男人揚起的巴掌卻視而不見，有的甚至完全沉浸在美景中，毫不留意，但我卻彷彿進入被施了魔法的時間隧道，四周一切凝固了，只有男人的手還在我眼中重複運動，扇擊著女人的後腦勺，像海浪衝擊沙灘那樣，一下又一下。

我想抱著女兒跑走，但不知為何，面對這樣的暴力時，我被嚇得不知所措，只是站在那裏，眼睜睜看著它發生——直到更大的騷亂從身後的草坪傳來。

人們尖叫著向四處擴散——那頭瘦牛不知何時闖入了這片野餐之地，精準地踩踏在餐墊與餐墊間的空地上，像繞過被客人灑滿果屑的客廳，一雙眼烏黑，眼神篤定。沒人知道牛在尋找什麼，直到牠衝著一個鮮紅的帳篷走去。帳篷門口，那個額頭很扁的少女正盤腿坐著，低頭玩弄著一大把樹枝。

「啊——」胖女人慘叫了一聲，鬆開了男人，朝帳篷跑去，彷彿要阻止什麼悲劇發生。但一切都來不及了，瘦牛繞過少女，朝著帳篷的小門，頂著牛角，將上半身探了進去。下一秒，驚慌的哭喊聲從帳篷裏爆發出來。

我想趁亂帶女兒走，但她忽然不哭了，反而滿臉好奇地問我：「媽咪，牛牛在找什麼？我能去幫牠嗎？」

看著女兒濕漉漉的雙眼，我不忍心拒絕，只好抱著她，湊到人群裏看熱鬧。

牛雖然很瘦，但骨架依然擠滿帳篷的門，一對牛角好似兩把匕首，插入帳篷內臟。從牠腿間的縫隙看過去，牠正埋首吃著一個剝了皮的柚子，而在牛角對面，正是那虎頭虎腦的小男孩，大哭大叫著。帳篷門邊，少女依然坐在原地，望著牛的尾巴，傻笑著。

「阿仔，別哭，冷靜！」男人站在帳篷邊大吼，「不要亂動，小心牛角！」但男孩無法控制自己的聲音，不斷哭喊。

男人又急又惱，對著牛咆哮：

「走啊，屌你老母，走啊——」

但牛不睬他，專心致志地咀嚼美味。

「不要怕，」旁人勸說，「等牛吃完了，牠自己就會出來了。」

但男人還是很急，忍不住一巴掌拍到牛背上，發出「啪嘰」的聲響，但牛無動於衷。

「你要打，就大力點啦，牠那麼厚的皮，又不怕痛。」旁人又說。

男人聽信了，果然，高高揚起手掌，掄圓胳膊，用盡全身力氣，朝牛的身體抽打，一下又一下。

胖女人條件反射似的，伸出手，想要制止男人，但又停下來。她看了看帳篷裏的男孩，又看了看門口的少女，忽然跑過去，從少女手裏抽出幾根樹枝，像揮舞魔杖那樣，也對著牛的排骨戳來戳去。

「你們這樣無用㗎！」又有人來幫忙，「不如用其他東西引開牠！」說著，旁觀者拎出裝有半個蘋果的保鮮袋，甩到帳篷邊。很快，牛聞到香味，果然將腦袋從帳篷裏挪出來，一伸脖子，便將整個保鮮袋都吞入嘴裏，開始新一輪的咀嚼。

男孩見牛走了，趕緊從帳篷裏爬出來，對著牛屁股大罵：

「去死啦！臭牛！傻牛！仆街牛！」男人也罵：

「食食食，淨知道食，食屎啦你。」

說著他從帳篷裏拿出足球，朝牛的身上狠狠砸過去。

其他人見牛毫無攻擊力，也跟著一起玩弄牠，有人罵牠是貪吃的畜牲，有人笑牠餓起來什麼垃圾都吃，還有人甚至踢一下牠的屁股然後迅速跑開。然而，無論人們怎樣嘲笑，打罵，牛都不理。牠只是靜靜地站在那裏，用牙齒咀嚼著保鮮袋，一下又一下。

「媽咪，」女兒又我，「牛牛點解不還手呢？」

「什麼？」我這才回過神來。

「他們打牛牛，牛牛為什麼不還手？」

我不知道該怎麼回答，只能抱著女兒離開。但在女兒的追問下，我最終給出一個很爛的理由：

「因為牛太餓了，餓的時候，就感受不到痛了。」

那天晚上，女兒吃了蛋糕，收了我送給她的生日禮物——一個嶄新的Barbie，穿著和她同款的海魂衫、蛋糕裙。她開心極了，抱著它睡覺。

我走出臥室，喝了酒，依然毫無困意，便走去陽臺抽煙，望著深黑的夜，覺得嗓子眼被什麼東西堵住，不吐不快。於是，我打開手機，不斷翻通訊錄，在一些朋友的電話那裏停留，最後，我打給遠在老家的媽媽。

電話響了幾聲就被接起。

「怎麼啦？」媽媽問。

「你睡了嗎？」我說。

「沒有啊，我剛打完牌回家呢，怎麼啦？你說。」

我把女兒過生日的事情跟媽媽說了，從如何偶遇古怪的一家四口，到遭到那個暴力父親的騷擾，再到莫名見到一頭闖入帳篷、差點對小男孩造成威脅的餓牛。我越說越起勁，將擠壓許久的焦慮，一股腦地吐出來：

「我真的太失敗了，明知道那男人不懷好意，卻什麼都不敢做。我害怕激怒他，怕他像打老婆那樣打我。不是說為母則剛嗎？可我卻那麼膽小。天底下哪有我這樣的媽媽？」我問。

媽媽沒有吭聲，我只聽到話筒那邊傳來窸窸窣窣的風。於是我又接著說：

「有時候我在想，是不是倒霉事都喜歡找我？好不容易有空，出去野餐，居然遇到餓瘋了的牛。好在坐在帳篷裏的不是我女兒，想想看，如果一頭牛，忽然踩到我女兒面前搶吃的，我會作出什麼反應？我敢打牠嗎，像一個爸爸那樣打牠嗎？我不知道。我不是男的，我也打不過誰，不是嗎？」

媽媽還是沒說話，但我卻聽到她輕輕嘆了一口氣。這口氣讓我覺得越發心虛，於是追問：

「媽，你說，我是不是很失敗？」

這一下，媽媽終於回話了，她的聲音聽起來很輕，甚至微微顫抖：

「你說這些有用嗎？」她反問我，「是你自己選了這條路，你非要一個人養她，我能怎麼辦？你把這些說給我聽，我能幫你嗎？能回到幾年前，讓你別跟著那野男人鬼混，讓你別懷孕，別把她生下來——你告訴我，我能嗎？」

媽媽的聲音在風中好像搖晃的路燈，把我的思緒照得飄飄蕩蕩，影子一時長、一時短，好像回到了很多年前的童年，又好像就在昨天。

第二天一早，我在女兒的呼喚下醒來。

「媽咪，快來看吶，快來看！」她穿著睡衣，赤著腳，站在床邊搖晃我的肩膀，我聽到電視聲從客廳裏傳來，好像夢囈，模模糊糊。

「怎麼啦？」

我腦子很暈，但還是強打笑意回應她：

「有什麼好野要給我看的？」

「牛牛！」女兒興奮地小跳著，「我們昨天遇到的那個牛牛，在電視裏！」

說著，她使勁把我拉了出去。

只見晨間新聞的窗口裏，正在播放一個網友拍攝的手機視頻。新聞主播解說，昨日，在美崖公園，遊人圍觀一頭偷吃客人食物的野牛，其中，一中年男子暴力地對待牠。

在長達一分鐘的畫面裏，我再次見到那個男人，他用足球砸牛的後背，一下又一下，圍觀的眾人紛紛起哄——好在那時我已離去。

就在人群失去控制，紛紛戲耍牛時，一個少女的身影闖入畫面，只見她額頭扁扁，馬尾辮隨意紮起，穿著窄小的童裝，走起路來搖搖擺擺，像一隻企鵝。沒有人警覺她，而她卻扒開人群，舉起一大把樹枝，朝著男人的後背，狠狠擲過去。樹枝纖瘦微小，卻像精準定位的令箭，紛紛落在男人寬厚結實的後背上，彷彿被狂風吹散、卻依然奮力飛揚的蒲公英種子，因為渺小，而在無垠的空中顯得格外美麗。

「牛牛還手了！」女兒叫起來，「牛牛真的還手了，牠變成姐姐還手了！」

# 歲末夜晚的紅色氣球

這裏是夜晚十點半的牛頭角道，由得寶花園通往淘大商場的那條小街，夜歸者如魚來去，步履匆匆溜過植根於彩磚地面的路燈桿。

桿下，老人的後背如龜殼般拱起，凸在冷風和輕薄的針織衫裏，衫上紋路綻放朵朵暗花。花隨她勞作而顫動蔓延，手指躲進淨白也粗糙的工人手套，擰扭淺綠塑鋼打包帶。帶子堅硬刮手，卻完全服從她如槓桿般的手指，化為青藤，環繞生長於廢棄紙皮蓋成的小樓。

紙皮樓後有個醉漢。他瘦高，敞開深棕色羽絨服，踩在馬路牙子上，帶著醉意，歪歪扭扭，大聲打電話，笑著罵街，手臂如人猿般舞動，在夜空劃出自由泳的弧度。夜歸人流並不因他的狂躁而淺退，反而分出支流，在他身後淌成長龍。龍的盡頭氤氳一團奶色熱雲，雲下又是一個老人。他光著腦袋，穿了件襖子，運筆一般拎起一柄鐵勺，從猩紅小桶裏舀出麵糊，傾入鐵面平鍋，再用勺底將其勻成一汪湖水。

年輕女孩從老人手裏接過熱香餅，滿臉帶笑地遞上零錢，邁著小碎步從人流中退出，一個轉身，卸下笑容，匆匆又小心地繞開那罵街的醉漢，用餅敷在冷冰的面上。她捲髮披肩，穿蝦紅色羊毛短大衣，印花紗裙下露出一雙不太細的腿。膝蓋裸在冷風裏，靴下的皮肉也戰慄了，這使她在冷夜裏小跑起來，紗裙如蝶翼，掃過泛著冷光的鐵閘門，向著街對面那一團橙色暖光飛去。

光內嘈雜。深夜充飢的人圍在陳列架邊，從白天剩餘的速食麵或飯糰裏挑挑揀揀。女孩繞過它們，熟練地尋摸到牆角，暖飲櫃靜立，透明的玻璃門後，一排排朱古力色的小方磚在對她微笑。

一個男人的胳膊忽然出現，它粗壯如木，攔住女孩剛剛伸出的手。

女孩側頭一看，又是一個醉漢。但這一個不易對付，身形高壯，面長皮糙，臉頰泛紅，周身散發酒精味道。

你要喝什麼？我幫你拿嘍。男人搖晃著説。

女孩心裏有些怕，但並不想惹麻煩，於是她立馬回答：朱古力奶，謝謝。

喔……

男人立定，像模像樣地，對她微微鞠躬，服務生一般，拉開櫃門，一隻手伸入暖風裏，但忽然又停住，斜著身子對她嬉笑起來。

你夠十八歲未呀？來，阿叔看看……

女孩擔心的還是發生了。她想掉頭就跑，但又怕如此過激行為反而會惹怒他。於是她故作鎮定，繼續對他微笑：

不用了，我忽然不想喝了，唔該。女孩說罷即走。

唉跟你講笑嘛，別走啊，我給你啊——

好在充飢的人就在眼前，女孩輕巧地溶了進去，又從中抽離出來，再小跑著出了這橙色的光團，進入通往私人屋苑的天井。一切都靜下來。夾岸的店鋪打了烊，但不拉鐵閘，任由玻璃牆在夜色裏閃著中產社區才有的精緻光芒。一條條紅色彩燈從夜空垂墜，深綠樹梢也披上鮮紅頭飾，兜售年貨的花車蓋著大紅布被沉睡，女孩慢下腳步，宛如步入一條進入農曆新年的加速通道。她想不起來這些紅色是從何時出現的。是一夜之間通通綻放呢，還是一點一點，滲透染紅冷風。

遠處，穿紅色羽絨的小胖子慢跑著，像一團喜氣洋洋的氣球，柔軟地朝女孩滾過來。而他身後追著一個拖行李箱的婦人，她穿黑色長襖，頭埋在厚厚的棗紅色圍巾裏，奮力疾走。

女孩與那團奔跑的紅色擦肩時，她才看清她的樣子。額頭扁扁，面頰滿是雀斑，雙眼細長，眼角上挑，塌鼻朝天翻起鼻孔，嘴角乾裂，露出齙牙。

啊呀啊呀啊呀。小胖子發出幸福的咆哮，頭也不側地繼續向前衝。婦人看到女孩的側目，便惡狠狠地瞪了一眼，將圍巾裹得更緊，步子邁得更快。歪了輪子的行李箱在地面上也跟著發出咯吱咯吱的抱怨。

女孩望著那團遠去的紅色，愣了好久，最終還是沒能忍住，掏出手機，拍下了這個特殊的背影。她很快發到網上，一邊走著一邊輸入感性的詞句。

手機在夜色裏發出銀白色的光亮，彷彿被拋散的雪球，晶亮粉末閃爍在滿街的紅色裏。

今年的香港真冷啊，她的網友給她回覆。

是啊，去年年末我連大衣都不用穿的。她繼續打字，哪怕頭也不抬，也清楚知道自己正經過打烊的越南餐館、甜品店鋪、花店，然後就到了自家樓下。

大樓裏，坐在大廳看更檯後的老伯在監控畫面裏看見了她，於是他調低手機聲音，在淺淺的粵劇裏步向貼著「福」的玻璃大門，整理好深藍色社區制服，穿上新年期間特質的紅色馬甲，筆直站立，豎起微笑，等待迎接這個晚歸的九樓一號獨居住戶——順便再與她聊幾句，例如，怎麼回得這麼晚啊、又加班啊、很冷啊、穿多件衫啊——宛如一個忠誠的老朋友，或孤寂的守夜人。

# 深水炸彈

## 沉溺

她懷疑自己是被「000000000000000」這樣一串來電給吵醒的——但睜眼一摸，手機早就沒電，橫屍枕邊——看來又是夢。

自最後一次和大竹通話，她開始多夢難寐，醒來又想不起夢了什麼，只記得夢境五顏六色，飛速旋轉，最終化作空白，蒙住記憶，天光大亮。

陳舊的窗機空調在她頭頂嗡嗡作響，冷硬的人造風直戳裸露的脖頸，她的牙齒在微顫的空氣中再次作痛。自最後一次和大竹通話，她的牙總時不時地痛。得抽空去看看了。她這麼想，披上睡袍，一軲轆滾下床，跪坐在牆角，給手機插電，屏幕亮起，很快就帶來一陣嗡鳴。自她加入一個「婚外聯盟」的微信群，手機總是熱鬧的。陌生的名字，陌生的頭像，吐出一串串關於婚外情的甜蜜氣泡，傳到她耳裏、心中，彷彿帶她潛入一場孤

魂野鬼的派對，享受遊離於黑洞邊緣的刺激與快感。

三個月前，她在網上尋到這樣一個分享婚外情的微信群，彷彿覓到知音，飛速加入聯盟，並毫不保留地與盟友分享她與大竹的故事——那時他們才剛剛確定關係，而他有一個結婚八年的妻。

她無法在朋友公佈的戀情，倒在微信群裏收穫許多祝福、鼓勵，有一種贏了「婚姻」的莫名驕傲。

今早群裏又來了新人。她扒拉著錯過的聊天記錄，逐漸拼湊出一個新的故事：一個少婦，還沒孩子，愛上了比自己小五歲的同事，糾結要不要和丈夫離婚。少婦將自己衡量的利弊製成表格，發到群裏，望盟友指點。

她雖然沒有好心情，但還是好奇地放大表格來看：

左邊一欄：丈夫有錢，穩定，對我好，可以繼續生活在上海。

右邊一欄：同事初出茅廬，沒有社會地位，沒有工作經驗，沒有積蓄，感情不穩定，外地人，沒有上海戶口，也對我好。

去愛，還是不愛，這是個問題。有人在群裏戲謔。

她看著這問題，想起了大竹，牙痛得更厲害。她跑去廚房，燒了熱水，澆濕毛巾，敷在右臉——她也不知這樣管不管用，只覺得那片沁入肌膚的溫暖，像大竹的手掌，令她舒適。可儘管如此，她還是無法停止心中的算盤：清清楚楚，一點沒錯——大竹已經有五天沒有回覆她的信息了。

這五天來，她不斷重刷記憶：那天，夜晚九點，她給大竹打過電話。雖然那個時段，她是不被允許聯繫大竹的，可她還是忍不住打了過去。為了確保這記憶的真實性，她將五天前與大竹的通話記錄截圖保存——雖然時間短得可憐。

喂？

喂——你在幹嘛？唔知啊，唔知，嗯。

就這麼快，半分鐘也不到，大竹掛斷了電話。

「唔知」是他們之間的暗號，一旦他妻子在身邊，他就以「唔知」來告知她不要來打擾。

大竹總是想得比她周全，像一匹思維縝密的老馬，在她每一次踏上征途前，都盡心指點，哪條路遍佈荊棘，哪塊地可放心馳騁。在她還沒有和大竹在一起的時候，她曾說，大竹像一個遲到多年的父親，終於在她孤身於異鄉時，為她保駕護航。那時大竹沒說什麼，過了幾個月，忽然又提起這茬，他說，我願意做你的朋友，你的師長，但不要做你的父親啊。為什麼呢？她有點明知故問。他沒有回答，但吻了下去。

在這漫長的吻裏，她像坐上滑滑梯，不知恥地溜下去。

他們開始在淩晨後約會，爬進無人的幼稚園，躺在草坪上看星星；握著啤酒瓶，在空曠的海濱長廊上拉手轉，兩人都醉醺醺。她在他定下的日程表裏，享受著晝夜顛倒。直到那天，她有點故意地打破規矩，在禁忌時段給大竹打了電話——從那之後，她再沒收到過他的消息。

她不是沒懷疑過，大竹接電話時，他的妻就在身邊，那通不合時宜的電話，暴露了這段婚外情，他在妻的逼問或委屈下，坦白、道歉、浪子回頭，然後一聲不吭地拋棄她，丟她一人迷途在鋼鐵森林。但她檢查過大竹所有社交軟件的上線時間，都是五天前。作為一個每日都需要通過社交軟件與同事、客戶溝通的中年男性，如果這麼多天都沒上線，只能讓她相信一個可能：大竹一定出了意外。這大半年，香港總有些莫名其妙的暴動，還有人突然被消失，作為一個異鄉人，她每一次經過那片憤怒的吶喊或伸冤，對於這城的無知感便越發熱烈，不知所措的窘迫與孤獨更無處躲。但大竹不同，身為土生土長的第三代香港人，他密切關注社會運動，時常為這城的命運感到煩心。

香港亂了，還是離開吧，大竹狠狠食一口煙，憤憤地説。那去哪裏呢？她問。

不知道，大竹搖搖頭，總之得想個辦法，不想在這亂世中爆炸，就趁早逃。他緊緊握住她的手，像攥緊了什麼刀槍。

想到這，她擔心大竹真的去參加遊行，甚至因表現激烈而被捉。於是，她像吸塵機一般掃讀這幾日的新聞，早、中、晚。讓她失落的是，香港近日太平得很，既沒什麼大型事故，也沒綁架案。除了前幾天出現一個自稱「反消費動物園」的青年組織，打遊擊一樣出現在各大商場，圍住拎著大包小包的大陸客，阻滯他們購物，除此之外，再無怪事。

她感到失望。

「大竹好像失蹤了。」

她忍不住在「婚外聯盟」群裏發送了這樣的消息，她覺得有必要和盟友討論一下這件事的解決方案了。

Boom！

「嗡——」

手機很快收到回覆。

「我們在羅湖，剛上地鐵。」

可惜，發信者既不是大竹，也不是為她支招的盟友，而是她爸。

她爸是兩天前才忽然跟她聯繫上的。

那時候她正在學校的畫室，在畫一朵蘑菇，然後，手機就「嘀嘀嘀」得響起來。

她第一反應以為是大竹，轉念一想不可能是他，這提示音是QQ專有的，大竹是不用QQ的。

在嗎？消息來自「南方的狼」。

她討厭極這惡俗的網名，但不得不承認，南方的狼就是她爸。

嗯，怎麼？她問他。

她爸這幾年很少找她，一是她媽不讓，二是她爸娶了新的老婆，還給她生了個弟弟。

三年前她去參加她爸婚禮的時候，他的新老婆已經挺著個大肚子了。

那是個中專畢業的女人，挺起的肚皮令原本瘦小的她好似營養不良的非洲兒童，但其實已快四十，離過一次婚。

而後她不再回家鄉的那個小鎮看她的爸爸了，有很多原因可以講，她去了外地讀大學，她要實習，她很忙。

你媽說你去香港了？她爸爸問她。

她奇怪為什麼她爸會跟她媽又聯繫上了，而她媽居然告訴了她爸她的去向。印象中，她還是那個一旦偷偷跟爸爸打電話被發現，便會被媽媽扯著頭髮罵的小女孩。

我和你阿姨想帶你弟弟來香港玩一趟，你電話幾多？來了我們找你。看看你。

還不及她回覆，她爸已發出了要求。

這讓她想起中學時期，每一次她偷偷回爺爺家去看她爸時，她爸總是會央求她給他一點兒零花錢。

不過這幾年她爸不找她要錢了，據爺爺家的親戚說，她爸和新娶的老婆在小鎮上開了個水果店，買了輛皮卡，賣完水果就馱著老婆，去河堤邊兜風、釣魚，「一下子年輕了二十歲」。

她把她的電話發了過去，就將QQ調成隱身，假裝不線上。

最近好嗎？

你的弟弟又長高了。（附上弟弟照片一張）香港有什麼好的童裝嗎？

帶你爸去逛逛。

喔，還想買點兒童食品。你推薦點牌子。網上的都信不過。

但她爸還是自顧自地說著。

於是，她一路聽著手機發出「嘀嘀嘀」的聲音，一路繼續畫畫，不知怎麼就把蘑菇畫成了一顆巨大的牙齒，而牙齒後面有一串鮮紅的腳印，是蘑菇的形狀。

她後來把這幅畫發到了朋友裏，有個叫阿花的小學同學問她，可不可以多發一點給她，她最近在搞電子藝廊App。

就是說，把我的畫，放到你們的App上拍賣嗎？她問阿花。沒錯，你真聰明！阿花發了一串笑臉。

她記得阿花小時候是個愛跟班主任打小報告的小隊長，腦門兒大，身子瘦小，像巨頭嬰兒。但她點開阿花的微信頭像，卻是一個小尖下巴的精緻女人，每一張自拍下面，都有很多來自小學同學的「讚」。她看著那一串熟悉又不熟悉的備註姓名，再看著阿花近乎完美的笑靨，懷疑她相信的一切都是錯的。

她不知道那天為什麼會把蘑菇畫成牙齒，也許是因為最近若有似無的牙痛——就在口腔最深處，有種巨大的鑽痛感蔓延開來。一想起大竹就痛，一想不起夢的內容就痛——現在，她和她爸，她阿姨，還有她弟並排擠在由羅湖去往九龍塘的地鐵上時，也痛。

她爸就站在她身旁，每一秒都喘著粗氣，彷彿連站立對他來說，都是一種劇烈運動——不得不說，她覺得她爸已經胖得像一尊彌勒佛了。

彌勒佛肩上扛著一個小猴子——那是她兩歲的弟弟，後背上還有個大背包，鼓鼓的；胳膊上挽著依舊瘦小的阿姨。

爸，你該減減肥了。

她爸憨笑一聲：啊，天生的，減不了。

這讓她莫名地燥起來：怎麼減不了？我不也減下來了？她低沉地抱怨著（怕被阿姨聽到），不自覺地翻了個白眼。

她說這話的時候，不確定是出於對她爸的「恨鐵不成鋼」，還是嫌棄。這種不確定讓她想起青春期時突然癡肥的自己，像頭愚蠢的小象，會被熟識的人抱以同情的眼神：

唉，遺傳啊，遺傳。

她害怕自己會按部就班地成為一頭大象，便拼了命地節食，終於到了見到食物就想嘔吐的地步——她開始瘦。現在回想起來，似乎就是在她瘦下來的那個暑假，她告別了家鄉，也告別了偷偷探望她爸的日子。所以，她越發不確定那時候僅僅是害怕遺傳了她爸的肥胖基因，還是害怕遺傳了她爸的所有，包括失敗的婚姻、酒後醉成爛泥、和清醒時那一成不變的憨笑。

對於她突如其來的不耐煩，她爸尷尬了幾秒，但很快又恢復憨笑，那笑容讓她覺得她爸彷彿真成彌勒佛了。

相比之下，她阿姨就像一個喋喋不休的女施主，站在彌勒佛邊碎碎唸著各種凡塵俗世：

啊，你簡直瘦了好幾，嘖嘖，好看，好看，眼睛跟你爸一樣，大大的。你看，你弟也是，大眼睛，長大要當大明星。到時讓他大了來香港找你，你帶著他，大街上走一走，肯定會遇見星探。我跟你說，你弟可聰明的呢，那天我在家放個音樂，哇噻，你弟就開始扭啊扭啊扭屁股，哈哈，就像這樣——（她阿姨扭起來，已經很多人望過來）——來，扭一個——（她阿姨拍了拍她弟弟，弟弟和阿姨一樣瘦小，像個沒睡醒的小猴子，迷迷瞪瞪）——對了，你爸說呀，要多給你弟買點童裝。上次，我給你弟買了個感冒藥，天啊，拉肚子！香港藥應該正宗的，你看，你多好，在香港，嘖嘖……

她在阿姨的碎碎唸中，將頭完全地埋到了手機的網絡世界裏，彷彿那是一片沙土，而她是自以為躲過風暴的鴕鳥。

有沒有可能是他老婆發現了你倆的事情，不許他聯繫你？她的盟友終於在群組裏回應了她那條關於大竹失蹤的信息。

不會吧？她打字，我們都把證據清得一乾二淨，他老婆怎麼會發現？

女人很敏感的啦，尤其是中年婦女，天啊，我藏在地板下面的煙都可以被我媽翻出來欸。

她一向覺得中年女人很無趣，都是那般的自以為是，雖說中年男人也是自以為是的，但起碼他們說話很有趣（除了她爸），比方說大竹。

她想像著大竹妻子的樣子，是會像她阿姨那樣，喋喋不休地追問，還是像她媽那樣暴躁，跺著腳罵娘呢？

那大竹呢？

啊！到了！九龍塘！快走，讓一讓，哎呀，快……

阿姨叫嚷著推開了人群，領著她和她爸還有她弟衝了出去。一出到室外，她整個人都熱辣起來。她落在人群後，透過人與人的縫隙，看見她爸被阿姨攥住的肥碩手掌。不知怎地，彷彿看到大竹對著他老婆信誓旦旦、矢口否認婚外情的樣子——海市蜃樓一般出現——這讓她再次牙痛難耐。

這牙痛伴隨著阿姨興奮的叨擾，扒開人流，躲過橫行的行李廂，上電梯，下通道，出了閘，一路遊到大商場門口，讓她覺得比惡夢還煎熬。

哎呀，怎麼了？啊？阿姨尖聲叫起來，像是被大象踩了腳。

她抬頭一瞧，這才發現，去往商場的通道被封，他們被前方不得動彈的人攔住，又被後方不斷湧來購物的人推搡，人流四周圍被穿著統一制服、保安模樣的人圍住。她頓覺自己是不小心遊進了網的魚蝦。

他們幹什麼呢？阿姨焦慮地問她。

她不想理，甚至有點幸災樂禍，你看，都怪你，要不是你，我們也不會陷入這般困境，她在心裏想著。

她爸雖沒吭聲，但一把摟住阿姨，把弟弟扛上肩頭。弟弟在人群頭頂上異常興奮，手舞足蹈。

她忍不住瞥了她爸一眼，但很快收回目光，她爸臉上那少有的緊張與不安，讓她無比陌生，她努力回想，自己小時候有沒有坐過她爸的肩呢？

「啦啦啦——啦啦啦——」在空中的弟弟，唱起兒歌來，阿姨也跟著放鬆了些，伸出手，握緊弟弟的小腿，眯著眼，笑呵呵，說些她聽不懂的兒童玩笑。

你兒子可真活潑。

附近的師奶跟她阿姨搭訕起來。

是呀。我第一次帶他來香港玩，但他一點不怕生！我跟你講，我兒子可聰明了，他姐姐——（指著她）——在香港讀名牌大學的，到時候他也跟他姐來香港，做明星哦！

她阿姨又開始歡愉地碎碎唸。周圍的人很快便被她帶入了家長裏短中，她這時候有些羡慕她阿姨的本領——在這種擁擠的恐懼與不安中，都可以渲染出一團祥和——或許，這是她爸愛上她阿姨的原因？她又抬頭看看她爸，她爸又恢復了一如既往、沉默的憨笑，像是笑看著塵世的凡夫俗子。

這其樂融融的氛圍令她差一點忘記了自己陷入了一片無知，直到她聽到有聲音從前方傳來：

大家退後，大家退後，有炸彈，有炸彈！

第一遍是粵語，第二遍是不自然的港式普通話。還不及人們反應，穿制服的人們齊齊戴上動物形狀的面罩——牛、馬、豬、驢、雞、鴨、魚、龍……手拉手，成了一怪異的人牆，整齊地放聲高歌。

人牆裏的人們尖叫、推搡，卻推不倒那堅固的人牆。她看到爸爸像受驚的大象，笨拙地扭著身軀，任由四周湧來的人潮撞擊，卻不知如何反應，而阿姨卻是早已抱著弟弟，一路推搡，但終究都逃不出那堵牆。人牆的歌聲與人牆裏混亂人聲響成一片，最後成了毫無章節的「嗚嗚嗚」，像是警笛，又像是哀嚎。她想到了大竹。我會死在這裏嗎？她想，那大竹呢？會想我嗎？

「砰——」

那是炸彈聲？她只聽到了一瞬，又聽不到了。而後，她看到燦爛的煙花，在高中綻放，沉默、靜謐，彷彿無聲電影。

而就在下一個瞬間，她又聽到了人聲的沸騰——她再一瞥，一雙寬厚又熟悉的大手掌從她眼前劃過。原來，爆炸的一刻，她爸已第一時間捂住她的雙耳。

哇！煙花！

阿姨又興奮起來，也跟著人群拿出手機。快，照相！她把手機遞給她爸，要照下煙花和我！快！

她便趁著這個機會，沒有抬頭與她爸對望。她很怕會從她爸眼中看到什麼被她丟了數年的東西。

人們都歡呼起來，彷彿進入了什麼節日，只有她的弟弟在這時候忽然大哭。

但已沒人理會，也沒人留意到那幫戴著動物面具的人已漸漸散去。她想起來，這應該就是「反消費動物園」吧。

她有點後悔沒有照下來剛才那些畫面：不然，就可以給大竹看了。但轉念一想，她不知道大竹是不是還會再出現了。

## 顯像

送走她爸、她阿姨還有弟弟的第七天，她又收到了那串「0000000000000」的來電。

那時候，她正在畫一個上升的雲母，卻被海草纏身。

雲母的樣子好像大腦。

她把初稿發給阿花的時候，阿花這樣評價。沒錯，我是打算畫一個被惡夢纏住的大腦。她不知道陌生人一般的阿花可以這麼懂她。

這七天裏，阿花已經給她在 App 上開了個帳號，並陸續把她過去的畫稿發了上去。點擊率很高，等再過一段時間，我們公司會給錢幫你做推廣，阿花跟她保證。

她不知道原來自己可以和多年沒有聯繫過的阿花忽然有了生意上的往來。她越發覺得自己對於「人」的一無所知。

當她清晰看到手機上顯示的「00000000000」的時候，她才堅信這不是惡夢。
「喂？」
電話裏傳來聚餐時觥籌交錯一般的嘈雜。
「喂？」她再問。
「喂——是我。」
她聽到了那個晚晚都會出現在她夢裏，然後令她牙痛的聲音。
「大竹？」她問。
她彷彿又看到一片五顏六色的幻影在她眼前飛速旋轉，彷彿那日在商場門前看到的煙花。她知道，她的牙齒很快又會痛起來。
「對啊，是我。」
「為什麼你的電話變成了000000000？」
其實她想問更多的，為什麼不理我了？為什麼消失了？你去哪了？我有一瞬間以為自己要死了，然後我想到了你，如果我真的死了，你會不會把我忘了？
「我不知道啊。」大竹聲音溫和且純淨，他愣了幾秒，「可能因為我在南極吧。」——一如他說想她時的那種無辜和善良。
「南極？」

「對啊，我老婆給我們家報了個南極旅行團，我忘了跟你說了。欸，我前幾天看到極光了。很美的，我照下來了，回香港給你看。」

「哦。什麼時候報的團？」

「早幾個月就報了，我一直忘了跟你說了。」

「嗯，我還以為你失蹤了。」

而後有幾秒的沉默，她聽到電話傳來孩子的笑聲。

「我應該後天就回去啦，到時再打給你。我得掛了。」

她本來想說，那我們就不要再聯繫了吧。

可她很害怕自己說出來，大竹會十分淡定地說：好呀，那就這樣吧，再見。

那語氣就像每一次她對他說她愛他，而他卻說「你以後會愛上其他更好的人」那種淡定。

所以，她便什麼也沒有說，只是輕輕地掛了電話。而這一次，她的牙齒沒有痛。

# 金絲蟲

## （一）

今年夏天，公司終於開始裁員。零售店鋪銳減。新產品停止開發。存貨被翻出來進行一輪輪大甩賣。為銷售業績錦上添花的市場部難逃此劫，短短兩個月，原本三十人的團隊被砍了一大半。我與共同受難的同事們一起吃散夥飯，約在一家可以抽水煙的中東酒館裏。有幾個位高權重的阿姐也被炒了魷魚，搖著猩紅的血腥瑪麗，將玻璃酒杯撞得叮噹響，伶仃的手指上攀附著造型詭異的戒指，碩大珠寶好似璀璨的吸血蟲，與其主人互相依存。有人提議一起去公司大樓底下靜坐示威。「拒絕被失業」——她們商量起口號，並仰頭清空一排龍舌蘭。而我卻窩在鋪滿阿拉伯式花紋的沙發裏，安靜地享受水中尼古丁，暗自將眼前的一切歸為離職前的狂歡。收到遣散費的時候，我甚至有點竊喜。

這一回，當老家親戚問起我為何人將三十還沒份工作時，我可以坦誠，這一切都是經濟

蕭條所導致的必然結果。而我也可以心安理得地利用這段時間，寫完我的小說。

無需通勤以後，我退掉了離公司只有一站地、月值八千、佔地一百呎的臥室，收拾了所有衣物，雞零狗碎的，竟也裝了三個蛇皮袋、兩個紙箱。臨搬家前，司機見我東西太多，要加價，我只好捨棄最沉的那兩箱，一箱是書，另一箱也是書；唯一的區別是一箱是我買的，另一箱則是由五湖四海的寫作朋友寄過來的、他們自己出版的書籍。我把它們全留給了我的室友，一個從英國來這裏學習古典中文的女孩。她好像執到寶，雙眼發光，並用正在學習中的國語向我道謝：太甘寫你了（太感謝你了）。主你一帆風盛（祝你一帆風順）。

車子並沒像我想像得那樣在公路上馳騁，讓我可以在窗邊看著逝去的風景，為即將開啟的無業暑假高歌。在這炎熱繁忙的週一早高峰，我在傾斜入侵的日曬下，浸泡在司機手機裏不斷響起的語音信箱裏，倍感煩悶，直到四周高低起伏的大廈逐漸消散，車子進入跨海大橋，心情才舒暢起來。

我新租的房子在美涯灣，一個遠離市區的人工小島。被填海而成的陸地上，長出一片高檔公寓。一扇扇落地玻璃宛如透明天梯，將精緻夢想送往青藍天空，並讓窗戶的主人獲得等價的海景觀望權。這一片大型的海濱社區名為「美涯花園」，自帶超市、商場、兒童樂園、水上世界。怒放的大葉紫薇好似華服，覆蓋住該社區的鋼鐵圍欄，浪漫地將其與本地漁村隔離出來。

漁村口有一株棕櫚樹，樹幹上掛著一個海藍鐵牌，上面刻著磚紅大字：「美涯村」。不知是誰跌了一盒雪糕在樹下，一窩螞蟻正圍著那兜斑斕的甜蜜打轉。密密麻麻的黑色斑點裏，一抹刺眼的金光吸引了我，我仔細一瞧，竟見到一隻彷彿受到輻射而被放大了三倍的甲蟲，棕黑色的身子上生著不規則的金亮斑點，好似一粒粒被熱油灼傷的烙印，本應敏感的觸鬚此刻彷彿生了鏽的鐵絲，在蟻群的旋渦中心一動不動。

「小椰——」我聽到有人喚我的名字，順著聲音望去，是夏嶼。她見我從車上下來，便小跑著迎我。

她還是如我記憶中那般健碩，穿著牛仔背帶短褲，露出古銅色四肢，頭髮高高盤起，碎髮劃過圓鼓鼓的臉盤。陽光下，我依然能清晰望見她佈滿臉頰的痘印，圓眼睛好似掃過月球的流星，又大又亮。

當我回頭確認車子後備箱沒有遺漏的行李後，又下意識地看了眼那棵樹下的大蟲——原來是我剛才眼花了，那手掌大的東西並不是什麼蟲子，而是一隻用來嚇人的塑膠玩具，被貼滿了金色水鑽。

「吃過午餐了嗎？」夏嶼一邊幫我扛箱子，一邊跟我說，「我準備了飯菜，你要是餓了就可以跟我一起。這島上的餐廳都是騙遊客的，貴得要死。」

漁村曾經是這個小島上唯一的人類聚集地。漁船泊在淺灘，兩三排鐵皮屋在島嶼的高處零星分佈。後來整個小島被地產商收購，填海擴大了陸地面積，五彩石磚取代了原始山路。每戶漁民都被分得一座三層樓的小屋，積木似的陳列在山坡旁，成了遊客時不時來拍照打卡的景象。漁民們逐漸忘記祖輩賴以生存的大海，靠著租金將後代送去遠方——這是夏嶼房東講給她聽的故事。房東的小屋在整條街最末尾處。為了分租方便，小屋的每一層樓都隔離成獨立空間，配備帶鎖的鐵門。由於一樓過於潮濕，便不再住人，裏面堆放著房東自家雜物。二樓曾是房東一家的客廳，如今成了夏嶼獨自的活動空間。

門一打開，一團雲就飛過來，低眼一瞧，是一隻白汪汪的松鼠犬。牠興奮地狂甩尾巴，並不斷在我腿邊站起，左眼黑溜溜地盯著我，卻不知為何少了右眼，只有白色絨毛兀自生長在眉骨下。

「你別害怕，牠每次見到陌生人都自來熟，可會撒嬌了。」夏嶼一邊把我的箱子往屋子裏拖，一邊跟我介紹。

我倒是挺想抱抱牠，可惜騰不出手，一身臭汗，也不想髒了牠。聽夏嶼說，這狗叫白白，是一隻沒人要的獨眼狗。她做義工的時候給領養回來了。

夏嶼先陪我把行李拖到三樓，那是獨立的兩居室，公共空間裏有沙發、餐桌、儲物櫃等傢俬。兩個臥室並排在一起，我租了其中較大的那間。淡紫色的牆壁上貼著幾幅列印出來的畫，朦朧晨霧，迷離湖泊，大塊淡雅色彩被暈染在一起。

「欸，不好意思，忘記撕掉了……這些畫都是上一個住戶留下來的……」

夏嶼說著就打算伸手把那些畫給清除，但被我阻止了。那麼美麗的風景，不如就留在屋子裏吧。

臥室有一扇老式方窗，安全鐵欄在玻璃外叉了個十字。窗外對著山坡，一片綠甚是清涼。蟬鳴在我推開窗的瞬間傾灑進來，我把頭伸出窗外探了探，可以看到樓下的街景：幾個年輕人背著衝浪板追跑而過；一輛黑色的 BMW MINI 沉默地靠在路邊；一對白人情侶穿著泳衣，裹著浴巾，手裏拎著一掛冰啤酒，向著美涯花園走去；還有一個裹著頭巾的老太太，就坐在山坡前，攤開一張漁網，看著陽光將網上的小魚曬乾。

「別開窗，小心被蟲子咬死。」夏嶼替我把窗戶關上，並按下窗機空調開關，老舊的機體發出巨大的轟鳴，大約十分鐘後才逐漸恢復平靜。

「這裏蟲子很多嗎？」我又忽然想起村口的蟻群，以及那隻奇怪的蟲狀物。

「這裏生態環境好，別說蟲了，還有野豬，牛，猴子……但租金也便宜。」

夏嶼說著就已經下樓去了，她要給我張羅午餐。

由於這層樓暫時只有我一個租客，夏嶼允許我把行李堆放在公共空間。接下來的日子裏，我將一人獨享整個兩居室，而我要支付的房租只有過去的一半。

我迅速沖了個涼，把常用的衣物從箱子裏翻出來，塞到臥室的衣櫃裏，然後又循例給我媽回信息。我媽與我不住在一個城市，她和我爸都是家鄉的公務員，靠著鐵飯碗吃飯，怎麼都捨不得離開。雖然她現在與我相隔一千九百多公里，但她每日都要發信息來關心我的三餐日常。為了讓她不要為我的失業而過分焦慮，我騙她說自己今天的工作很順利，現在準備跟同事去吃午飯。

等我再下樓時，夏嶼已經把飯菜端上桌了：

一盤粉蒸排骨，一彎剁椒魚頭，三對金黃酥脆的滑蝦雞翅，還有一客南瓜海鮮盅。

「喜歡吃就多吃，別客氣。」夏嶼說。

「我的天呀。我真沒看出來，你廚藝這麼好呢？」我驚訝。

「沒有啦，這其實是我爸昨晚就做好的。」

「哦？你爸也來這個小島工作了嗎？」

夏嶼沒有接話，她正在盛飯，瓷碗碰撞發出噼啪的脆響。白白則興奮地圍著她腳邊打轉。我忽然意識到自己好像多嘴了。如果沒記錯的話，夏嶼父母很早就離婚了。她爸媽後來都沒有管她，各自分開去生活，而她是跟著爺爺奶奶長大的。

等夏嶼在餐桌邊坐下，我轉移話題：

「你是哪一年去了澳洲來著？」

「就是大學畢業的第二年。」

「工作假期好玩嗎？」

「其實也沒怎麼玩，去不同的地方打工，酒店啦，餐廳啦，農場啦。反正眼睛一睜就是賺錢。倒是認識了蠻多人。各種各樣的。這個房東也是我在澳洲認識的。」

「怎麼又回來了呢？我感覺你還可以繼續申請別的國家工作假期。」

「我不是認識了Johnny嗎？就是我那個前男友。他把我給搞回來的。我回來之後就在他的 studio 幫忙。後來我們散了，我們把錢給分了一下，我就租下這房子，然後做二房東。很多年輕人沒閒錢外出旅行，就來這裏度個假、打個卡，就當去地中海漁村了。然後還有些住不慣市區小公寓的老外，也很喜歡來這裏短租。」

「房東一直沒有發現？」

「她還在澳洲，現在回來也不方便。只要我不說，租客也不會說，畢竟都是一條繩的螞蚱。對了，房租的話，你月付就好。」

「哦好的。」我這才想起自己忘記轉帳了，趕緊拿出手機，要給她打錢。

「你方便給現金嗎？」夏嶼說。

「呃，我手頭沒有現金。那一會出去取點給你。不過為什麼要現金？哦是不是這樣不留記錄，比較安全？」

夏嶼忽然蹲下來，對著正在吃飯的白白拍手，牠很機靈地跑過來，躺在她腿邊撒嬌。

我感覺自己又多嘴了，不該過問人家這些灰色交易的細節。

白白似乎也看出了我的尷尬，特地起身跑到我腳邊，我順勢將牠抱到懷中，逗牠玩了好一陣子。

## （二）

住在美涯村，我逐漸感受到什麼是「日落而息」。

村子裏幾乎沒有路燈。太陽一落山，窗外便陷入黑暗。去陽臺晾衣服，能聽到隔壁陽臺上的鄰居聊天，假如他們低頭望見路過的熟人，還會隔空聊天。時不時，一陣轟隆劃開濃黑的夜空，那是飛機從附近的機場起航。

我給自己規定了一個期限，決心在這無業的夏天裏寫完一部小說，然後在九月投給出版社。但每當面對電腦，我又總覺得懶洋洋，想要去海邊走走，跟白白玩耍。以前工作的時候，總覺得垃圾工作填滿了我的時間，但時間多了起來時，我又沉浸於虛度光陰。

「這是一種社會分工給你打下的烙印。你根深蒂固地覺得，你做的任何事情一定要換取金錢，否則你的勞作就失去了意義。然而所謂的意義又是什麼呢？是消費嗎？是娛樂嗎？是通過擁有某種商品而獲得身份的認可嗎？」阿遠在視頻裏回應我的日常牢騷，他一本正經的模樣總是令我覺得很搞笑。

不過他並沒有覺出我的凝視，只是自顧自地說著腦子裏儲存的理論。從涂爾幹的社會分工論，說到韋伯的理性鐵籠。屏幕裏的他戴著貼了膠布的金絲邊圓眼鏡，乾燥蓬鬆的捲毛隨意披散在肩頭，絡腮鬍子像爬山虎一樣在瘦削下巴蔓延開來。他每當沉浸於知識的演講時，手指總是情不自禁地在空中劃來劃去。

「那你最近怎樣呢？暑假有什麼要做。」我將阿遠從「理性牢籠」給拉扯回來。

「哦，主要就是寫論文。」阿遠說。他的眼睛盯著鍵盤，似乎鏡頭裏的自己會令他感到羞澀。

「還是關於那個什麼悖論的那篇？」

「對，Sorites paradox。」

我挺喜歡聽阿遠跟我說一些我聽不太明白的東西。例如什麼連鎖悖論、模態延展、四維論。「曾經還有一本書是專門研究這個世界上的洞」，他這樣跟我說。而我最喜歡的一則分享是叫做 experience machine 的思想實驗。

「假設有一臺機器，可以讓你感受一切你想要的生活，你只須睡進去，你的大腦就會體驗這一切。從出生到死亡，其中種種細節，你想要怎樣的人生，都可以體驗到。但前提是，你的肉身不可以從機器裏出來，你會睡進去嗎？」

「什麼樣的體驗都可以嗎？」

「什麼樣的都可以。」

「那我寫小說拿諾貝爾獎呢？」

「也可以。」

「那我寫小說的構思過程呢？」

「也有。」

「那我談戀愛呢？」

「想跟誰談就跟誰談。總之你想要經歷什麼事件，想要遇到什麼人，獲得怎樣的情緒，你都可以事先輸入到這個機器，然後你只要躺進去，插上電，你的大腦就獲得了所有的體驗。」

「那大腦裏的我會知道這隻是一場體驗嗎？」

「你希望你知道嗎？這都是可以設置的。」

「那我希望我不知道。這樣會比較真實。」

「好的，那就不知道——那你會躺進去嗎？」

這樣的對話吸引著我與阿遠的持續交往。我曾經一度擔心他的生存。他彷彿除了這些奇奇怪怪的知識外，對這個世界一無所知。沒有電話，不會網購，所有的衣物都是從二手市場撿回來的。我試過帶他穿梭在時尚店鋪，他卻好似羊癲瘋發作一樣，頭痛欲裂，幾乎要撞柱子，好在被保安給攔了下來。

「我這是商業過敏。」他跟我說。「就像有人吃芝麻就會死一樣，我看到那些商店，那些華麗的櫥窗，那些資本家設置的陷阱，我會好像渾身被蟲子給咬了一樣，四肢痛癢，呼吸困難。」

如今他在塞爾維亞的一所大學讀博士，除了全額獎學金外，每個月還有津貼支持生活。

「現在我在攢錢。這裏的人，三十萬就可以買到別墅，真的。」這是他從塞爾維亞給我發的第一封郵件。他寫了很長的一封信，講述他的同學、老師、無需社交的學術生活。末尾他毫無來由地對我說，如果他攢夠了錢，他希望能帶我去塞爾維亞生活，把我從資本主義的牢籠中解放出來，讓我成為一個自由作家——他大概是這麼個意思。

## （三）

與夏嶼同居了一陣後，我開始對她的生活感到好奇。雖然她說自己並不需要工作，但她每週都有那麼三四天很忙，一大早就出門，晚上才回來。她回來時都會給我發信息，讓我下樓跟她一起吃吃零食，聊聊天。有時她穿著一身印滿油漆的工作服，上面寫著「幸福新生部落」——那是個戒毒所，她告訴我，她最近在戒毒所裏面做義工，給宿舍畫壁畫。有時她會又拖著幾個大紙皮箱進屋，箱子上印滿愛心圖案，心形的右上角寫著「安心保健」。她用小刀劃開紙皮箱，從裏面掏出一大樽卸妝水給我。我問她是不是加盟了什麼不同的生意？她說只是順手幫朋友清貨。但我依然懷疑她在跟我說謊，這些產品看起來就像傳銷貨。然而過幾天她又會忽然抱回一隻三腳小貓，說是寵物救助站新來的小可憐，暫時還沒有人領養，她就提出幫忙照顧幾天。看著那隻軟糯的布偶貓咪趴在白白背上打瞌睡時，我很難將一個充滿愛心的義務領養人與謊言結合起來。

「可見資本主義已經將你的心靈扭曲得厲害。」阿遠如此評價我的猜疑。他說我長期在工作，跟同事為了一點點利益就勾心鬥角，自然而然就養成了固定思維，覺得全世界所有人都是資本主義的囚徒，做出的每一個決定都是為了換取金錢。

我有點詫異阿遠會批判到我頭上來。畢竟我只是想與他分享一點生活中的八卦。

「那你讀博士難道不是為了畢業後找到高收入的學院工作嗎？」我反問他。

「當然不是了。我讀書就是為了讀書。到底是誰規定的，讀書是為了畢業找工作呢？那是最糟糕的狀態。更何況，就算工作，我也不希望用我的知識來賺取。我希望我的課是不收費的，公開的。教育本就應該人人平等。那些高昂的學費都是資本家的陷阱。教育不是一種商品。假如我可以自己建立一個國家，我會希望我所有的國民都享受免費教育……」

阿遠又陷入了慷慨激昂的自我演講。我聽得有點煩躁了，於是打斷他：

「你說這麼多，就是想為自己以後『不賺錢』找藉口吧？」

「不不不……」阿遠揮著手打斷我，「你理解錯了。錢，當然是要賺的，但我不會用我的知識去賺取。我也不會去販賣我的勞動力去賺取。我會用最智慧的辦法來賺取。用最小的成本，來換取最大的利潤。我一定要比那些資本家更聰明，只有這樣，我的知識才會戰勝資本……」

阿遠的言論越來越虛無縹緲，我越來越沒有心思回應他，草草結束了這場對話。然而阿遠與我的討論，倒是令我的小說有了全新的靈感。我應該書寫我所身處的這個時代。這個消費主義為核心的時代。城市儼然已成了一座座巨大的超級商場。所有的一切都在被販賣。販賣衣食住行，販賣文化，販賣夢想，販賣教育，販賣未來。也許有一天，大家一覺醒來，發現自己的手上生出了條碼。人們既創造商品，也成了商品……

這個點子忽然令我十分興奮。我開始構建人物小傳。這些年在職場摸爬滾打所遇到的各種角色，似乎都是為了我這次創作而存在。

我沉浸在超現實的構思裏，以至於沒有留意到夜色漸濃。

不知從何時起，一陣「嗒嗒」的聲響從我身後的方窗傳來。起初我以為是下雨了，沒有理會，聲音便消失了。看來是驟雨，我想。然而不一會兒，「嗒嗒」又響起，持續打斷我的思路。我回頭望了一眼，見到一個手掌大的東西正附在我的窗上。牠的輪廓在檯燈的反光下發出金黃的光暈，尖銳的觸角好似金針，不斷地敲擊我的玻璃窗，「嗒嗒」，「嗒嗒」。我想起第一天在村口見到的那隻巨大金蟲，感到雞皮疙瘩一層又一層地蔓延全身。我抓起拖鞋，對著玻璃狠狠敲打，希望可以嚇走這隻異變的小怪物。然而「嗒嗒」的聲響還是不停。我忽然記起小時候，如果有飛蛾循著燈光鑽入房間，只需關燈就可以令牠離開的原理，便趕緊摁了一下檯燈開關，屋子瞬間黑下來。「嗒嗒」，「嗒嗒」。這惱人的聲音還在持續。待我的視線適應黑暗後，我凝視方窗，可那裏只有一抹我自己的倒影，以及一點點蔓延開來的水珠。「嗒嗒」，「嗒嗒」。雨下起來了。蟲子不見了。

我又打開檯燈，並拉起窗簾，卻無法再專注於小說的創作。為了消除緊張感，我決定下樓去找夏嶼和白白聊聊天。順便問問夏嶼，她是否也曾在村裏見過奇怪的金蟲。然而我一推開鐵門，就聽到一股響亮的擊掌聲從樓下湧來，夾雜著窸窸窣窣的對話。難道夏嶼請了朋友來家裏開派對？我快步走下去，想要推開鐵門時，卻發現它被反鎖了。我按了按門鈴，它也啞巴了。

「你在家嗎？二樓好像有很多人，但我進不去，門被鎖了。」我給夏嶼發信息。樓道並沒有燈，只有手機的光投射在我臉上。莫名的幽森令我感到不安，我決定折返回三樓，但鐵門裏卻忽然迸發出交響樂。琴弓不斷劃過琴弦，音律漸次高昂，彷彿逐漸狂熱的暴烈夏雨。

一個女人大哭，伴隨著音樂的震顫，一邊哭，一邊訴説著什麼，我聽不清楚。緊接著，又是一陣掌擊的脆響。我彷彿看到滿臉淚水的女人被狠扇耳光。噼啪，噼啪。

小提琴的奏鳴反覆輪迴。

一個男人的聲音宛如天降福音，洪亮，沉著，似乎在唸誦什麼。

「過去的你已過去……如今的你已是新生……勇敢面對……撕裂……鞭笞……」

我聽不清，湊近鐵門，將耳朵貼在上面。

噼啪——噼啪——這彷彿是某種物體鞭打在肉身。

忽然，我感到有人碰了碰我的肩膀，我觸電似的縮起身子……

「你幹嘛呢？」夏嶼出現在我身後的樓梯上。她按亮手電筒，並將其插在口袋裏，一束溫柔的光芒慢慢暈染開來。只見夏嶼穿著運動背心和短褲，正用毛巾擦汗，白白在我的腳邊蹭來蹭去。

「忘記跟你說了，我們這裏每個月都會有人來搞一次心靈互助會。」夏嶼一邊說，一邊抬手看錶，「看樣子他們又超時了。熱死了。我可以去你那裏沖個涼嗎？」

雖然我滿心疑問，但也不好拒絕，畢竟整個房子都是她租的，我有什麼理由不許她去三樓沖涼呢。

嘩啦啦的水聲從浴室裏傳出來。儘管白白不斷在我身邊打滾，露出牠的肚皮，我也沒有什麼心情與牠玩耍。

我忍不住隔著浴室與夏嶼聊天。

我問她，樓下那是什麼互助會？她告訴我，就是一些心情不好的人，例如失了業，得了絕症，死了老婆，或者生不出孩子的那些夫妻，為了互相鼓勵，就時不時聚在一起，分享生活中的痛苦，然後彼此安慰。

「是嗎？」我說，「可是很奇怪，我覺得樓下的人不太正經，好像在互相虐待。就像是《搏擊俱樂部》裏面的那種聚會……」

水聲頓時停了。

夏嶼裹著浴巾打開了門，一股水蒸氣從裏面冒出來。朦朧中，她已經換上了一件寬大的男士T恤，也不知道她是從哪裏翻出來這件衣服的。

她一邊用浴巾將頭髮高高盤起，一邊對著鏡子照了照面頰上剛剛生出的暗瘡，抱怨說自己吃了太多辣椒，皮膚又變差了。

我依然立在浴室門口，耐心等待著，希望夏嶼能給出什麼解釋，然而她卻一直沒有再接茬，彷彿聽不到我剛剛說的話。

「嗒嗒——嗒嗒——嗒嗒」，雨水打擊窗戶的聲音再次響起，並逐漸增強，我警覺地四周張望，擔心是不是又有金蟲入侵。然而夏嶼卻小跑著到客廳，從角落拿起正在充電的手機——「嗒嗒」竟是她的手機鈴。

她蹲在地上看了看信息，然後告訴我，她剛剛收到心靈互助會會長的通知，樓下的分享會已經進入尾聲，我們可以下去了。

走廊裏有人在陸陸續續下樓離開。二樓的客廳裏瀰漫著一股迷離的清香。還剩下那麼三四個人圍坐在地板上，好像在等待著什麼，直到看到白白進了屋，他們才雀躍起來，將牠團團圍住。幾雙大手一齊撫摸牠的腦袋，後背，搓揉著那一身白汪汪的絨毛。我逐漸看不到白白的身影，只能聽到牠時不時發出急促的吠叫。

唯有一個中年男人倚靠在窗邊抽煙。他的背影又瘦又長，穿著Polo衫，牛仔長褲，左手背在腰後，十分常見的中年人背影。夏嶼朝他走過去，兩人非常友好地聊起來。我正在猶豫要不要湊過去聽聽他們的對話時，夏嶼忽然轉頭對我招手：

「小椰，你不是說你很好奇這個互助會嗎？我來給你介紹一下咯，這就是程會長。」

那個男人也轉過頭來對我笑，他的嘴裏剛好吐出一團煙，令他蠟黃的長臉看上去十分模糊。

我跟程會長在夏嶼的撮合下尷尬地聊了聊，主要是聽他跟我講整個互助會的來龍去脈。原來這是一種為期半年的心靈治療課程，每個學員都須要在有限的時間內完成一些極限挑戰任務，從而改善自己內心的缺陷。例如有些對自己身材感到極度自卑的同學，就會被要求穿著泳衣在地鐵站遊走；過份依賴父母的同學則被要求故意與父母冷戰，宣佈主權；成功畢業的同學，不僅可以得到學會頒發的文憑，還可以有資格再介紹新的學員進來，並因此榮升為初級導師。程會長的聲音充滿磁性，聽他說話宛如在聽一款晚間電臺節目，令我的思緒放鬆，並飄到遠處。當我的眼神開始遊離時，我才留意到，夏嶼正在把白白從人群中抱回來，並開始逐一向那些與牠互動過的學員收錢。

她在利用白白賺錢嗎？這個問題忽然就冒了出來。我記得坊間的確是有「治療犬」這樣一種稱號，但那些小狗都是要受到專業培訓才能上崗啊。

程會長忽然拍拍手，對那些學員說，時間不早了，大家還是早點回去休息，下次再見。於是，他與那僅剩的幾個學員一齊往門外走，邊走邊跟夏嶼道別，最後，我聽到程會長站在門口對夏嶼說了一句，「有合適的人我再聯繫你爸」，他就笑著消失在我的視線裏。

## （四）

心靈互助會的事情彷彿一場突如其來的霧霾，在我腦海裏揮之不去。我很想把它說給阿遠聽，但上次不愉快的爭論之後，他就說他要閉關準備考試，一直沒有再見他上線。

我打算把這件事情寫進小說裏，需要設計一個類似於夏嶼那樣的角色。我開始回憶與她的種種過往，將記憶中的她拼湊完全。

夏嶼和我曾是小學同學，雖然不同班，但都是學校舞團的成員，臨演出前需要接受密集訓練，在老師的監督下互相拉筋、開胯，痛得哇哇大哭，因而也結下深厚的革命友誼。我們經常會在午休時約在操場大樹下玩耍，並規定每週都要跟對方分享一個秘密。小時候哪有什麼不可告人的秘密？我都是瞎編亂造，要麼說我家保姆的壞話，把那些電視劇裏的狗血劇情安在保姆身上；要麼就是說一些靈異事件，例如有一天在女廁聽到奇怪的聲響……夏嶼從不質疑我說的秘密，甚至給予一種深表理解的眼神，然後跟我平靜地講述令我匪夷所思的事情。例如她有天晚上被巨響吵醒，哭著跑出去查看，發現她爸爸剛好躺在客廳的地板上，捂著額頭，滿手是血，而媽媽則站在樓梯上（她家住的是複式樓），在黑暗裏沉默。又例如有一天，她放學回家，媽媽卻沒有做飯，化著一臉濃豔的妝容，扯著她上了車，說要帶她去找爸爸；一路上媽媽瘋狂踩油門，不停闖紅燈，卻怎麼也沒有找到爸爸；最後，媽媽把車停在路邊，趴在方向盤大哭起來。最令我難忘的是學期末那天，我們兩個都站在校門口等各自的保姆來接。忽然她悄悄對我說，她的爸爸媽媽已經離婚了，她可能再也不會回來這裏上學了。

那時候我對於「離婚」沒什麼概念，只覺得是一種不太好的事情。夏嶼說一定要幫她保密，我答應了，但回家就告訴了我爸媽。我爸媽囑咐我要多多關心夏嶼，她是很可憐的小孩。於是我在寒假裏多次給夏嶼家打電話，但是卻始終無人接聽。等再開學，我就找不到夏嶼了，聽說她已經轉學，去了外地。

此後多年，我與夏嶼都沒有聯繫，直到上高中，「校內網」忽然流行，大家熱烈搜索兒時伙伴的姓名，我也就是在那時接到了夏嶼的好友申請，並與她恢復了聯絡。高中時，我學習很差，經常在課上看小說，和網上認識的大學生出去鬼混，結果高考之後只能去讀「二加二項目」：前兩年在本地唸大學，後兩年去海外。擁有「二加二項目」的大學很多，我離開家鄉的北方小鎮，入讀在國際排名較前的海城大學。想不到夏嶼高考後也來到海城，在傳理大學，主修市場營銷。我很開心能在新的城市裏與兒時夥伴重拾友誼，便常約她出去玩，她總是能挖掘這個城市裏奇怪的地方，例如廢棄的山中別墅，戰時留下的隧道，樹林裏的藝術家社區等等。遇到什麼意外也是互相照應。她當時沒有申請到學生宿舍，只能自己在外租房子，結果遇到黑心室友，誹謗她偷東西，還把她給趕出去，她也是第一時間聯繫了我。我帶著那時候的男朋友去夏嶼的公寓給她撐腰，陪她收拾行李。那時候的男朋友是學視覺藝術的，滿胳膊紋身，倒是像個黑社會成員。我們黑白雙煞似的杵在公寓門口，對那室友揚言說，要是再敢欺負夏嶼的話，我們就找人卸她胳膊，給那女孩嚇得臉都青了。那是大二下學期的事情了。那學期結束後，我就去了美國，有了新的生活，新的煩惱，逐漸與夏嶼聯繫不那麼密切，只會在社交媒體上看到她的動態，得知她不斷打工，賺錢，參加各種各樣的社會活動。而她的形象也在社交媒體變得越來越堅強，時常背著比她人還高的行囊，去異國做沙發客，不再是那個時常被舞蹈老師踩著開胯、痛到流淚也不敢出聲的小布丁了。

回憶至此，我忽然覺得，夏嶼距離童年時那個平靜說出家中秘密的小孩，已經很遠很遠了。

而我彷彿也不曾真正瞭解過如今的夏嶼，她到底是誰，過著怎樣的生活，為何如此需要錢，一切的一切，都被蒙上了一層大霧。

## （五）

在美涯村住了二十幾天，我竟一次也沒有離開過這個小島。每天早晨我都會獨自散步，從村口走到美涯花園，通過塗了金漆的花園圍欄，窺視裏面的精緻園景。花園有很多不同的出口，時不時就會冒出幾個晨運的居民。他們似乎都是從同一個工廠裏生產出來的人偶，戴著幾乎同款的無線耳機，穿著差不多樣式的運動服，短褲上的 logo 來來去去就是那麼幾個，就連配搭的顏色也無外乎是黑白灰，霓虹粉，螢光綠，霧霾藍。沿著花園周邊走一陣，便能遇到一個巴士站，幾乎都是來自東南亞的女傭在這裏排隊等車，抱著金髮碧眼的主人家孩子，或是推著即將被裝滿生活用品的雜物車。遠離車站，就是一條幾乎被樹蔭遮蓋的瀝青大道。不少居民在這大道上遛狗。我似乎從來沒在市區裏見過這麼多的狗。牧羊犬、拉布拉多、哈士奇、藏獒、柴犬、吉娃娃、馬爾濟斯……

狗與狗也是不同的。從美涯花園裏走出來的狗，毛髮都格外光亮、乾淨，與他們的主人一樣，帶著一種舒展與慵懶的氣質。我想，這一定是因為這個社區裏的平均居住面積都比較大，就連狗也長得比較暢快。不像我那些蝸居在市區還要養狗的朋友，狗跟人擠地盤，日頭裏也只能在小籠子打盹，好不容易出來散步也只能在人行道，跟人類急促的步伐賽跑。除了名貴的純種狗以外，也有很多成年土狗肆意奔跑。這些多數就是村屋裏養出來的，沒那麼嬌貴。有時我也會幫夏嶼遛狗，每次白白都能吸引很多路人的注意。牠很通人性，知道該纏誰，不該纏誰，絕不會讓人感到害怕或尷尬。我有時想，狗子是不是也跟人一樣呢，例如白白，知道自己天生少了隻眼睛，於是就需要乖一點，討人喜歡。就好像做人要知道自己幾斤幾兩重。什麼樣的條件，可以換回什麼樣的價錢。但轉念一想，我又覺得不對。我不該將人的勢力強加在狗的身上，牠們可沒有受過什麼資本主義的薰陶。

不遛狗的時候，我就喜歡靠右邊行走，憑欄望海，天海交接處，便是美涯大橋勾勒的弧線。我知道，經過那條大橋，便能通向市中心，穿進玻璃幕牆築起的迷宮——我便是從那裏過來的。當我身處其中的時候，我只覺那些密集的繁華如五指山一般，將人類的原始美好壓到腳下，而與它遙遙相望時，我又覺得橋那邊的世界變得神秘與恢宏起來。

這一天，我照舊早早起身，下樓散步，但沒有花時間在林蔭道停留，而是繼續向前走，前往美涯碼頭。我需要在碼頭登船，去往市區，應邀參加葉琪策劃的藝術展。

說實話，收到葉琪的邀請時，我有點意外，我跟她其實並不熟。幾年前，我還在一家報社做文藝版記者，時不時要跑活動，在一次大型的藝術展上，我遇到她。她那時好像也是剛剛工作沒多久，做公關助理，在活動入口給記者作登記。當我在名單上簽下名字的時候，葉琪忽然眼前一亮：

「你是〈透明女孩〉的作者嗎？」

我也很吃驚。那是我發表的第一篇小說，刊在一本純文學雜誌上，我以為除了同行以外，幾乎沒有人會看它。

「我很喜歡那篇小說。」葉琪拉著我的手說，她似乎有很多想法要吐露，但礙於工作繁忙，又什麼都沒說。我們互換了電話，也互相在社交媒體上加了好友。那次活動後，她給我發過幾次信息，說她自己也曾喜歡寫作，不過不太寫得出來；又說她不喜歡做公關，想要做點與藝術有關的工作。而我離開那次活動後，沒多久也辭了職，離開了報社，轉行去廣告業發展，因為那裏的工資會高一點，讓我可以租得好一點，買多一點時髦的衣服。我們一直相約說要找一天出來吃飯、喝酒，但一直都沒有時間。一晃又幾年過去了。如果不是她給我發來邀請，我也不知道原來她已經轉行，去做藝術策展人了。

藝術展竟然安排在一家「speakeasy」酒吧裏，這是我沒有想到的。順著地圖指引，我來到一個海濱商場的最高層。在貼著 1098 與 1100 門牌號的商家中間，我看到一扇玻璃門，門後是一個墨綠色的公用電話亭。我按照邀請函上的說明書，推開玻璃門，然後在電話上按下了 5-2-0，一扇隱藏的自動門在電話亭後打開。我順著光鑽了進去。

內裏空間寬敞，羅馬柱的出現讓我以為自己身處歐洲的地下宮殿。墨綠色的燈光給人一種恰到而出的迷離。原本應圍滿賓客的石桌上，擺放著一尊尊金屬雕塑。一些嘉賓已經到了。他們三五成群地各自聊天。攝影師們則都對著那些展品拍照，咔嚓咔嚓的閃光燈此起彼伏。一個矮小的女孩忽然出現在我面前，她問我是哪家媒體的，簽到了沒有？

我說我不是什麼媒體的，是葉琪邀請我來的，我的名字是馬小椰。女孩馬上跟我道歉，然後自己對著 iPad 上的名單不斷數下去。

「哦，馬小椰女士你好，我這裏的資料顯示說你是《海城週刊》文藝版的記者對吧？」

我愣了一下，忽然明白了為什麼葉琪會忽然邀請我過來，可能她一直記錯了，以為我還在那個報社做記者吧。

我本想解釋，但又覺得不知該如何解釋，難道我要跟這個工作人員說，我其實只是一個無業遊民嗎？

算了。有時候，成功的人際關係往往始於美麗的誤會。我什麼也沒有說，兀自去吧檯那裏領了一杯為媒體朋友準備好的氣泡酒。

不斷有人入場，都像我一樣，瞄了那些展品一眼，然後便被事先約好的朋友拉走，圍成一個小圈，舉著酒杯交流。我正在周圍巡視，好奇葉琪去了哪裏時，她就忽然晃到我身邊。

「哎呀不好意思，我剛剛完全沒有留意到你來了。」葉琪拉著我的手跟我道歉。這麼多年過去，她對我的那種親切竟一點沒變。不過她的妝容濃烈了。細長的眼睛撲閃著一雙捲捲的假睫毛。眉骨四周飛揚著橘色調的眼影，顴骨附近閃著珠光。她比我記憶中瘦了很多，下頜沒了肉，方形的棱角更清晰了；脖子上戴著一串由長方形黃水晶串起的項鏈，不知是不是因為頸子過於纖細，我竟覺得她像給自己戴了一個枷鎖。

「最近怎樣呢，還在寫小說嗎？」她問我。

「在寫。」我說，「打算九月完成一本長篇，投去出版社。」

「哇，好厲害的。我一直都等著你的書出版。欸，之前你不是說在準備短篇集嗎？」

「是的，不過我的編輯跟我說，年輕人的短篇集不好賣，建議我先把長篇給出來，所以就擱置了。」

「嗯……」葉琪彷彿十分理解，對著我點點頭，又好像根本沒有在聽我說什麼，對我露出已經鑲嵌在面頰上的微笑。

「你什麼時候轉的行呢?」我問她。

「一年多吧。之前都是做策展助理，這算是我第一次獨立策展呢。」

「很厲害。你也算是夢想成真了。」

「嗯……」葉琪又對我點頭，並舉起酒杯仰頭喝了一口，像是用酒精振奮了一下精神似的，開始一輪嘴跟我介紹：

「我這次算是聯展，邀請了幾個本地的先鋒藝術家，以『拜金』為主題，創作了一系列不同的金屬雕塑。不知道你聽過他們沒有?陳亞、康文、後藤香子、還有紫丸。哦今年年初的亞洲展會，他們也有參展。欸，不過那次我好像沒有看到你?你現在是不是已經不參加活動了?」

「嗯……」我忽然很想騙騙她，「我已經被升職為內容總監了，幾乎就不寫稿，只負責審稿。」

「哦這麼厲害!難怪我説怎麼不怎麼在活動見到你。」

「還好，主要就是在一個地方混得久，資歷就上去了。」

「哎，也是。我其實也有點後悔跳槽……我之前那個公關公司的前同事，現在已經被升為部門領導了。」

葉琪面上劃過一絲稍縱即逝的焦慮，不過很快，她就調整過來，繼續拉著我的手跟我說：

「那你這次可一定要安排個最好的寫手給我這個展覽哦，這可是我第一次做策展，一定一定要幫我美言幾句呢。」

「沒問題沒問題。」我說，「回頭你把資料發我。我轉給我最得力的寫手去寫。」

看得出來，葉琪非常高興。她反覆強調自己對我小說的喜愛，不過說來說去也只有〈透明女孩〉裏的情節。也許她實在想不出還有什麼可跟我說的，便熟練地拋出結束語，相約下一次有空一定要約吃飯，然後向著其他的嘉賓走去了。

我本以為自己會因為剛剛那個小型惡作劇而感到好笑，但實際上卻被一種莫名的低落感吞噬。如何形容這種感覺呢？也許是看似在文藝打轉，實際根本上不了正席的感覺：寫書卻遲遲不能出版、轉行做廣告又被裁員，明明是無業遊民，卻藉著過去的文藝版記者身份，得以在這個人均消費起碼四百的高檔酒吧裏喝著免費酒水——那乾脆再喝多一點，吃多一點。於是，我把手中的氣泡酒一飲而盡，又找酒保要了杯 Moscow mule，以及一盤 nachos。

吃吃喝喝以後，我的心情高漲起來，暈暈乎乎地著向展覽中心走去。

我繞開那些圍在一起社交的人。繞開對著鏡頭直播的 KOL。視線落在孤獨的展品身上。那些雕塑造型各異，讓我難以形容。一定是運用了什麼後現代主義的手法，將抽象與傳統結合吧。我一一數過去，一個高高聳起的金柱宛如在挑釁我的審美。起初我為這個藝術家的敷衍感到好笑，但近看才發現這個柱子雕刻細節頗多：底層是一雙雙猙獰的拳頭，逐漸向上，拳頭轉變為一張張只有微笑但沒有五官的臉，而在臉的上方，便只剩一顆塗滿金粉的心臟。心的中空部分被掏空，裏面若隱若現立著一個細小的擺設，我湊近觀察，竟是一坨密密麻麻的蟲子，集體依附在心臟中，吸心的血，吃心的肉。而在這個雕塑底下，貼著作品的名字：《金絲蟲》。

## （六）

幾天過去，阿遠終於又上線了。他跟我說，他完成了一個長達一週的考試，然後又跟一個來歐洲旅遊的老同學在塞爾維亞相聚，太忙了，一直沒有找到合適的機會給我打視頻電話。

我早就習慣了他的人間蒸發，並沒因此感到什麼不適，反而興致勃勃地跟他說起我這幾天的奇遇，從心靈互助會，到我與葉琪的重逢、我在酒吧撒的小謊，以及那個奇奇怪怪的金絲蟲雕塑。

然而阿遠卻並沒有像往常一樣打斷我，開啟他長篇大論的演講，也沒有對我露出那種十分認真聆聽卻依然不明白我在説什麼的迷茫神情——鏡頭前的他眼神渙散，看上去心思完全不在我的對話。

我問他是發生了什麼事情嗎？為什麼一副不想聽我説話的樣子。他告訴我沒什麼，只是還在回想跟老友相聚時的一些事情。

「是哪個老友？」我問他。

「一個中學同學。之前跟你説過的吧，Kevin。」

「哦哦，我記得，他在樂團。怎麼，他去歐洲演出嗎？」

「不是。他已經不搞音樂了。」

「居然？那他做什麼。」

「説出來你肯定不信，他在投資比特幣。」

「哈？」

我頓時對這個 Kevin 的經歷充滿好奇。一個曾經苦學音樂，幾經辛苦才進入樂團的人，居然忽然轉行搞比特幣？於是阿遠把 Kevin 的 vlog 分享給我看。他真是每天都在嘆世界啊，去五星酒店 staycation，趴在無際泳池裏俯視城市夜空，收藏一些看起來就很貴的紅酒，還有價值連城的古董小提琴……除此之外，他還會專門寫長篇大論的幣分析、各種數據的截圖，並不斷鼓勵大家到某個虛擬貨幣平臺註冊。我懶得看。這種找素人做口碑行銷的手段，我之前的廣告公司也常用啊。

「他不是在賣廣告。」阿遠篤定地告訴我，Kevin 從一個幣師傅裏學到一套秘笈，現在已經賺了快一百萬，提前退休，周遊世界，順便參加那些幣峰會，認識更多志同道合的人。

「真的假的？」

我忍不住大笑，誇讚 Kevin 真的很會吹牛——果然老同學聚會就是為了吹牛。但想不到阿遠竟為此惱火，說我完全誤解了他。他不斷與我解釋 Kevin 的那些投資數據，手指在空中劃來劃去，彷彿在跟我講述什麼了不起的哲學理論。

「你不是真的相信比特幣吧？你不知道幣騙局有多火熱？」

「這個要看你怎麼看了。不懂投資的人，當然就會說那是騙局。但是懂得其中規律的人，例如 Kevin，就不會把比特幣當作騙局，而是將其視為一種最理想的賺錢工具。你還記得我跟你說過嗎？錢是要賺的，但我要用最智慧的辦法去賺，而不是出賣我的靈魂……」

「可這就跟賭博沒差，你賺了也只是因為一時的運氣啊。你沒聽說很多人一開始炒幣是賺了，結果很快被割韭菜，輸到負資產？」

「但我相信我不會輸啊。我不是告訴你了嘛，Kevin 有大師指點……只要跟他一起投資，我穩賺的。我說過了，我不要成為資本主義的奴隸。我要用更智慧的辦法去賺錢。我要把我的積蓄全部投進去，換取最大的回報……」

難以置信這些話是從阿遠嘴裏說出來的。而他說這話的樣子又是那樣充滿希望，讓人不忍反駁。

我忽然覺得，金錢的確是一個公平的好東西。這世界所有的不平等，站在金錢面前，都會變得平等起來。無論是什麼人，面對金錢，都是一樣地對它渴望，一樣地被它控制。

而之所以還會有人說自己不屑於賺錢，大概只是因為金錢還沒有站到他們面前吧。

「對了——」阿遠忽然話鋒一轉，「你要不要也去註冊一個帳號，投資一點？只要你在填寫資料時輸入我的推廣碼，我就可以獲得一筆獎金喔。然後你也可以獲得專屬的推廣碼，再推薦給更多的朋友……」

恍惚間，我彷彿看到一坨金絲蟲已經鑽進了阿遠的心裏，吃他的血，喝他的肉。

## （七）

八月中了。

我給自己設置的暑假已經過去了大半。

這段時間，我幾乎沒有再跟阿遠聊天。離開職場以後，竟也沒什麼人會給我發來信息問候。曾經的大學朋友，要麼飄在不同的國家與城市，要麼就已經結婚生子。曾經工作的時候，我總覺得自己站在文藝的邊緣。如今沒了工作，我好像完全站在了這個社會的邊緣。

我安慰自己，如今這種孤獨的情緒是最有利於創作的。小說已經寫了大半，不要氣餒。

我的創作思路已經越來越清晰。它是一個多線敘事的故事，由一組分佈在不同地域的角色構成網狀關係——看似陌生，卻又相互作用。人人都是主角，人人也都是彼此的配角。他們之所以會同時出現在我的故事裏，是因為具有一個共同點：在某一個時刻，忽然感覺日常生活被打亂，一陣大腦暈眩後，發現自己的手背上長出一串條形碼。每個角色對此異象的反應不同。有人以為是自己太累了，出現幻覺，並不把它當回事。有人跑去看皮膚科醫生，卻被診斷出這是一種由內分泌失調引起的皮膚過敏。還有人則一口咬定是他的伴侶趁他爛醉時給他搞的紋身惡作劇。直到有一天，其中一個人在超市的自助結帳機付款時，靈機一動，用那個掃描條形碼的機器對著自己的手背一掃──「滴」──眼前的螢幕竟出現了一串產品信息……他發現，自己其實不是人，而是一臺賺錢機器。

由於故事裏的角色都能從我熟知的人身上找到原型，以至於我在長期沉浸式的寫作後，產生一種虛實難辨的錯覺。不知我是在虛構現實，還是我也是虛構中的一種可能。有時寫得太累了，我就會隨意點開一部黑白電影來看。久遠的時光蕩漾在我的臉上，好似一汪深不見底的湖泊，盯著看久了，便會自然陷入沉睡。

這天我一覺醒來已是傍晚。屋子裏什麼零食都被我吃光了，飢腸轆轆地，我決定去找夏嶼蹭吃蹭喝。我在內心裏祈禱夏嶼一定要在家啊，不然我還得步行到碼頭，吃貴得要死的遊客餐。好在一開門，我就見到燈光從二樓散射出來，鐵門也沒關，看樣子夏嶼在家。興沖沖地衝進去，卻一眼望見一個陌生男人的背影，裸著上身，穿著沙灘褲，站在開式廚房裏，哼著小曲，搖晃著肥碩的腰肢，擺弄食材。

我趕緊屏住呼吸，躡手躡腳從二樓退了出去。

不得不感歎，那男人簡直像是相撲手。一層又一層的脂肪宛如厚厚奶油，圍住他的肩背、腰腹。黑實皮囊又令他好似一隻套著人皮的大棕熊，讓人不敢靠近。我不知道這又是哪來的野男人。難不成又是什麼互助會的成員嗎？怎麼夏嶼隨便帶人回家又不提前打招呼。我不爽，給夏嶼打電話，但是沒有人接。我只好給她發信息：

「怎麼二樓裏有個陌生男人啊？那是誰啊……你什麼時候才回家啊？？」

很快，夏嶼就回了：

「哦那是我爸啦。哈哈哈哈哈。我剛剛在上廁所啦……你快下來吧，吃我爸做的大餐。」

哈？

我有點懵。那是夏嶼爸爸嗎？好在我沒有說出內心對他身材的各種比喻……但那真的是夏嶼爸爸嗎？我隱約記得，我在小學見過夏嶼爸爸。那是一個身材高挑的男人，一頭烏黑的頭髮十分蓬鬆，臉型圓中帶方，下巴很乾淨，從不見有鬍鬚。有幾次舞蹈隊演出，我都能看到夏嶼爸爸坐在觀眾席前排，一雙歐美人似的大眼睛，目不轉睛地盯著舞臺，穿著花裏胡哨的襯衫，總讓我聯想起在電視上看到的那些臺灣男演員。

然而那相撲手一樣的男人，的確是夏嶼爸爸。臉還是那張臉，只是下巴底下多了幾層贅肉。眼睛還是大大的雙眼皮，只是眼角多了幾層魚尾紋，眼神也變得渾濁渙散。滾圓的肚皮好似大西瓜，藏在超大號的文化衫裏面——就連文化衫也是印滿了大塊的花朵，像是從夏威夷買來的。他那黝黑的手掌、胳膊，通通都像充了氣，比記憶中放大了好幾倍。右手小拇指好似缺了一半。就連他原本筆挺的鼻子，也被灌了水似的，成了肉乎乎的大蒜頭。

夏叔叔剛剛才忙活完，將一盤盤美味端到餐桌。話梅雞，酸辣檸檬魚，香脆燒腩肉，黃金炸藕夾，還有一大盤泰式鳳梨炒飯……

「吃吃吃，不客氣。」夏叔叔說起話來似乎十分吃力，鼻孔裏不斷發出沉重的呼吸聲。他一屁股坐在兩張並排的圓凳上，抽出一沓紙巾來擦頭髮、擦臉。

對於夏叔叔的突然到訪，以及張羅的一桌好菜，我都不知道該說什麼好，只能是連忙道謝。一開始還假裝客氣，只吃一小口——但那經過精心處理的肉類簡直香美潤滑，要是天天能被如此魚肉餵養，誰也不能保證不會胖成夏叔叔那樣。我忍不住大口大口吃起來。

夏嶼好像對於一桌大餐早就習以為常，只是沉默地扒著米飯。

夏叔叔卻根本不動筷子，倒是從冰箱裏拎出一掛啤酒，開了一罐又一罐，酒嗝順著他的呼吸被釋放出來。隨後，他又從兜裏摸出煙來抽。吞雲吐霧間，夏叔叔沉重的呼吸逐漸舒緩，整個人看起來放鬆多了。

「你跟小嶼同齡是吧？」夏叔叔開始跟我沒話找話說。

「差不多。我比她再大幾個月。」

「聽小嶼說你沒有工作？」

我愣了一下，心想怎麼夏嶼什麼都往外說？

「不是啦。」小嶼嚼著腩肉打圓場，「她是自由職業者。是個作家。」

「哦……」夏叔叔點點頭。似乎對我流露出一種看破不說破的同情。

他的這個回應反而令我莫名感到不適，我繼續為自己解釋，說我並不是不工作，也不是不想去賺錢，只是剛好最近經濟環境不好，被公司裁員了。

「我本來就很喜歡寫小說，也有出版社在約稿，索性就利用這段時間把手頭的稿子寫完。」我說。

「我年輕時也喜歡寫作。」夏叔叔彈了彈煙灰，眼神望向遠處。

「是嗎？」我有點意外。

「我寫詩，拉手風琴，跳霹靂舞。」

「是的是的，誰都知道，你年輕時是大校草……」夏嶼冷不丁地打斷夏叔叔，彷彿不想再聽到這段已經讓她爛熟於心的往事。

但夏叔叔並不受夏嶼的干擾，自顧自地往下說，跟我說他年輕時多麼風光，代表學校去參加比賽，寫的詩總是被校報刊登在頭版，他還經常當著全校人的面演講。

「但搞這些鬼東西有用嗎？沒用的。聽我勸，年輕人，還是要務實。」夏叔叔將手中的煙屁股掐滅在煙灰缸裏，緊接著又從煙盒裏抽出一條嶄新的，叼在嘴裏。

「喂喂，我這裏可是無煙民宿啊，你這都抽了多少根了……」夏嶼在一旁唸叨。但夏叔叔繼續將她的聲音當耳邊風，點燃了嘴裏的香煙。

「聽說你是讀的二加二課程？」

「是。」

「有兩年在美國？」

「是。」

「她後來還在英國多讀了一年碩士呢。」夏嶼補充。

「厲害啊。你爸媽花了不少錢投資你啊。」夏叔叔說。

我假裝沒有聽見，認真地啃食魚頭。

「我沒有你爸媽那麼能幹。所以也沒在小嶼身上花什麼錢。讀的都是最普通的學校。不過小嶼爭氣啊，你看她不也到處出國工作嗎？現在又搞民宿，又搞投資……」

「欸欸，你別瞎吹牛了。」夏嶼再次打斷夏叔叔。

「小嶼在做什麼投資呢？」我想轉移一下話題。

「高息回報的定期存款。」

「什麼銀行呀？」

「不是銀行。銀行哪有什麼高息。直接存到我公司這裏，比存銀行可靠多了。也別買基金什麼的了，虧得脱褲子。」

說著，夏叔叔從手機裏按出一個 app 給我看。是那種線上的金融交易平臺，各種數據、圖表。

「哎呀。」夏嶼又打斷夏叔叔，「人家是搞文學創作的，哪裏需要什麼投資。你是不是喝多了？趕緊別說那麼多了。上樓歇著去。」

「叔叔還沒有吃東西呢？」我說。

「我不吃。我減肥。」說著，他從兜裏拿出一個透明小盒子，從裏面抓出一把五彩六色的藥丸，一口氣塞到嘴裏，然後就著啤酒咽下去了。

「我現在一天就吃一餐，然後晚上就只吃保健品。」說著，夏叔叔想起什麼似的，走回廚房，從櫥櫃裏拿出幾個五顏六色的塑膠小方袋。

「給你蛋白粉。各種各樣的味道。抹茶啦，巧克力啦，草莓啦，看你喜歡哪種。拿去試試。」

我接過蛋白粉看了看，覺得包裝上的心型圖案很眼熟，右上方的「安心保健」提醒我了——之前夏嶼也有扛回一大箱這個牌子的卸妝水。

緊接著，夏叔叔又從他的行李包裏拿出一些瓶瓶罐罐來。什麼洗衣液、洗頭水、潤膚乳。

「都是瑞士出品的。」他說，「還有洛桑大學認證，特別耐用。」說著，他還抽出其中一瓶，輕輕按了一滴滴在自己手上，然後用手指反覆揉搓，那一滴液體，就化成一大坨泡沫。

「產品濃度都很高，每次就用一滴滴，可以用很久，很值。」夏嶼好像很不想聽到她爸爸在我面前說這些，她不停打斷他。

夏叔叔可能聽出夏嶼的反感了，他也不惱，憨笑著把那些產品收回去。然後他話鋒一轉，說自己給大家表演一個霹靂舞好了。

說著，他就掏出手機，播放了一曲 Michael Jackson 的《beat it》，像模像樣地舞動起來。他圓滾滾的身子，倒還十分靈活，有點功夫熊貓的樣子。

夏叔叔似乎也很滿足於給我們帶來歡樂。不過他還是太胖了，扭了幾下就喘得不行，不停調整呼吸。最後在夏嶼的攙扶下，他到三樓的臥室睡覺去了。可能真的是累了太久，夏叔叔的鼾聲像打雷似的，哪怕隔著樓梯、兩道鐵門，我在二樓的客廳裏也能聽得一清二楚。

「不好意思啊，我爸喜歡喝酒，喝多了容易瞎說話，你可別往心裏去。」夏嶼一邊洗碗，一邊跟我賠小心。

我說：「沒事啊，我覺得夏叔叔還挺樂觀的。」

「是的，我爸是個很幽默的人，我有時候也會帶他跟我一起去做義工，去養老院啊，孤兒院什麼的。讓他給大家講笑話。大家都說他是功夫熊貓。」

「啊，我也覺得他有點像……」夏嶼笑起來。

「對了」，夏嶼說，「那我爸剛好來海城開會，估計要在這裏住一個多星期，就在三樓的小客房裏，你不介意吧？」

我愣了一下。

說不介意是假的。我記得當時租房子的時候跟夏嶼說過，我不希望有異性租客跟我合租三樓。那時候夏嶼跟我說，暫時都沒有接到訂單，估計這兩個月也只有我一個租客。但怎麼說夏叔叔也是夏嶼的爸爸，不能跟其他的陌生異性相提並論。更何況，我剛剛才表示了自己對夏叔叔的欣賞……

「沒事。」我說。「我本來也只租了一間臥室而已。你怎麼安排都是合理的。」

到了夜裏，夏叔叔在我隔壁房間裏睡沉了，鼾聲從轟隆變成了嗡鳴。但我心裏還是有點擔心。於是我把臥室反鎖，又用行李箱和椅子頂住房門，並開了小夜燈，才算安心入睡。但晚上也睡得不太好，我總彷彿聽到門外傳來一陣陣「嗒嗒」的聲響，好像金蟲再次出現，在敲擊我的床頭。醒來我想，那估計只是夏叔叔打鼾的聲音吧。

不過，我對夏叔叔的擔心很快就消散了。他的確是個幽默的老好人，為原本有點幽森的小屋帶來不少歡樂。例如有一天，他拎了一個跟白白幾乎一模一樣的狗娃娃回來。白白見到這個娃娃以為是來了同類，不斷地圍著它打轉，示好，又因為得不到回應，有點惱羞成怒地咬著娃娃滿屋打滾——把我和夏嶼逗得不行。又有一次，他忽然抱回一堆十多年前的文學雜誌，說是從他客戶的家裏淘回來的，送給我閱讀。

我開始跟夏叔叔越來越熟，還會跟他聊起我正在寫的小說。

「很有創意啊。」夏叔叔說，「我忽然想起來，我有個『下線』也是搞創作的，好像在什麼電影公司做文學顧問，專門幫人選劇本。說不定我可以把你的小說推薦給他。」

「啊，真的嗎？」我大喜。

「是啊。我最近也會跟他一起去開會。有機會你也來我們這裏開會啊，聊聊天，可以把你介紹給他認識。」

不知為何，這話令我條件反射地警覺。我沒有特別熱烈回應，只是不斷感謝夏叔叔的好意。他彷彿也察覺出我的後撤，便又轉移話題，聊了些最近他喜歡看的電視劇。

這天一早，我被一陣車鳴給吵醒。扒開窗簾往下看，竟有一輛保時捷卡宴停在樓下，青藍色的鋼琴漆反射著白雲浮動的光影。一個年輕人從駕駛位下來，穿著白色短袖襯衫，衣服整齊地扎進灰色的西裝長褲裏，雙手還戴著米黃色的手套。他彷彿在車前迎接著什麼重要人物。緊接著，一個熟悉的身影進入我的視線。癡肥，高大，走起路來有些搖晃——這不是夏叔叔嗎？但他卻一改往日的居家大叔形象，髮膠將頭髮固定成復古紳士頭，穿著訂製一般合身的墨綠色短袖襯衫，雖然看起來還是個胖子，但衣料挺廓，藏住他層層贅肉。褲子是最新潮的五分西裝褲，粗壯的小腿下踩著一雙鋥亮的白色板鞋。圓圓的後腦勺上還反戴著一副茶色太陽眼鏡，整個人看起來神清氣爽。年輕人見到夏叔叔，連忙點頭問好，並主動為他拉開後面的車門。這還是我認識的那個煙酒不離手、挺著大肚子在廚房裏剁肉，還時不時從包裏拿出保健品來推銷的大叔嗎？

我很好奇夏叔叔這一身行頭是為了去見什麼人，也很好奇那個車子是怎麼來的。但是我也不好直接向夏嶼打聽，而且就算問了，她也不一定會告訴我實話。或許我可以趁夏叔叔晚上喝完酒，跟他聊天時套套話？於是我一直等啊等，中午過去，傍晚來臨，太陽都落了山，夏叔叔都沒有回家。我帶著遺憾沉沉睡去。

然而翌日一早，我又再次被車鳴給吵醒。我趕緊又扒開窗簾往下看，果然，又是那輛保時捷卡宴。站在車旁的年輕人也沒換，他還是昨天那身打扮，規規矩矩的。不久，夏叔叔再次出現。他今天的造型有不同了，戴了頂白色鴨舌帽，穿著蝦粉色 Polo 衫，下搭一條卡其色運動中褲，身上還背著一套網球拍，再次在年輕人的護送下，進了車。

望著那輛車遠去的影子，我腦子裏浮現出夏叔叔打網球、跑幾步就大口喘氣的模樣，怎麼都覺得不大對。我越發好奇，夏叔叔這一天天的到底是在幹什麼。

這天，夏嶼剛好在家，我還沒想好怎麼跟她打聽夏叔叔的日常，她倒率先跟我說起來。她告訴我，夏叔叔可能還得再多住一個星期，他的那些會議還沒開完。

「哦，沒關係。」我說。看來夏叔叔這幾天還會再繼續他的豪車之行。一個計劃在我內心裏萌芽。

又一天過去，我比平日早起了一個小時，洗漱、更衣。出門前，我特地透過隔壁臥室的門縫看了看，確認夏叔叔還在裏屋睡覺。但我知道，再過一小時，他就會喬裝打扮，到樓下乘坐豪車離開。

我靜靜下樓，盡量不引起任何人的注意，一路快走到美涯巴士站。路口有一輛特斯拉在等我。那是我朋友的朋友的朋友，最近也在待業，暫時做網約車司機聊以度日。我租了他一天，目的就是想跟蹤夏叔叔。朋友有點擔心，問我是不是在搞什麼偷拍？萬一被抓到可不好。我就跟他講，夏叔叔是我的舅舅，是我舅媽託我跟蹤他，因為懷疑他出軌。朋友還是有點不情願，好像在做什麼見不得人的勾當。於是我咬咬牙，給了一個比他預期高出兩倍的價錢，成功收買了他。此刻，我們在車裏閒聊，吃早餐，直到那輛卡宴緩緩地從美涯村的巷子裏駛出來。

「跟上它。」我跟朋友說。他點點頭，踩下了油門。

（八）

我們跟在卡宴後面，穿越海濱大道，穿越美涯大橋，一路馳騁，進入市區。車子開始有點難跟，因為路況變得複雜。卡宴並沒有一直朝著繁華的商務中心進軍，而是向著老城區開去。老城區的路不太好走，路窄，行人多，有幾次因為盯著卡宴而差點撞上忽然穿過馬路的行人——好在有驚無險。就這樣提心吊膽地跟了大概一個半小時，車子終於停了。停在海城第二殯儀館的門前。

朋友嫌晦氣，不想到殯儀館裏面去，他想在另一個街口停車等我。我沒有心力與他爭論，因為我看到夏叔叔已經從卡宴出來了。他今天穿著一身素黑，胸前戴著很大一塊玉觀音，手腕上也盤了幾串佛珠。他的司機也下了車，也穿了一身黑色，手裏還拎著一束白花。

我也下車，戴上一早準備好的大大遮陽帽、墨眼鏡，悄悄跟了過去。

殯儀館內一片清涼。來來往往的人影都自帶一抹悲傷的雲霧。大家彷彿都刻意與其他人保持距離，沉浸在自己的痛苦裏，畫地為牢。我也與夏叔叔保持不遠不近的距離。他走得不快，並不太熟悉環境，左顧右盼，最後進了一個弔唁廳。

我不敢跟進去，怕被發現，只好在大廳門口來回走動。我一邊走，一邊透過人群往裏瞥。幾排賓客已經坐在安排好的位置上，大廳中間設有花壇，上面擺滿一片白花；被花朵包圍的是一張遺像，黑白的畫面裏是一副年輕男子的臉，他對著眾人露出一抹清瘦的微笑。夏叔叔已經走近遺像，並將白花獻了上去。緊接著，他向側邊移動，那裏有三五個人圍在一起講話，見夏叔叔來了，都禮貌問好，並為夏叔叔讓路。人群中心是一個瘦老頭。儘管腰背駝得厲害，仍穿著一件熨燙筆挺的白色襯衫，第一個扣子也不解開。夏叔叔迎過去，勾著腰對那老頭説著什麼。老頭好似被觸動，忽然慟哭起來，像個小孩子似的，倒在夏叔叔懷裏。夏叔叔也就摟住他，兩片厚嘴唇一直扇動著，好像在安慰老頭。

進入這個弔唁廳的人越來越多。我的來回搖晃似乎引起了他人注意，有個穿著保安制服的人走過來，問我有沒有什麼需要幫忙的？我連忙揮手，速速離去。

我去殯儀館旁邊的街口找我朋友，坐在車裏跟他商量，好説歹説，又加多了一點小費，才終於讓他願意把車子停到殯儀館對面，這樣夏叔叔一出來，我就能看到。

路人在殯儀館來來往往。有人陸續從裏面出來，也有人陸續從裏面進去。朋友下車買了小吃，吃完了，又下車買了奶茶，也都喝光了。日頭逐漸毒辣。我差一點就要讓朋友再換個陰涼的停車位時，那個龐大的熟悉身影，終於從殯儀館裏出來了。只見夏叔叔攙扶著老頭，像哄小孩似的，三步一停地聽老頭絮叨，又不斷從口袋裏摸出紙巾來給老頭擦臉。就這樣緩慢地，緩慢地，老頭臉上的淚水也乾了。他在夏叔叔司機的護送下，坐進了那輛卡宴。卡宴啟動，我讓朋友趕緊跟上。

卡宴曲裏拐彎，又從老城區開回商業中心，並上了去往半山區的盤山公路。朋友又開始抱怨了，說萬一要停在什麼半山商場的停車場，停車費很貴，畢竟半山區是海城最高檔的富人區。我明白他什麼意思。我答應給他停車費，他也就不再多廢話了。我忽然覺得自己是一個奇怪的消費者。也許大多數人喜歡消費名牌，而我喜歡消費真相。

卡宴並沒有去往半山商場，而是停在了一家西餐廳的門前。這家餐廳我曉得，可以透過落地窗俯瞰整個海城，很多人都來這裏打卡。我剛剛來海城的時候就吃過它，是跟我爸媽一起，在這裏慶祝我十八歲的生日。我記得這家的下午茶很精緻，用那種金絲雀的鳥籠裝著五彩斑斕的小點心。我看見夏叔叔攙著老頭從車裏出來，直接被門口的服務生領了進去——看來提前都訂好位置了。我也下車，假裝遊客，在餐廳四周晃悠，其實是想透過玻璃窗看看能不能偷窺到夏叔叔。很走運，夏叔叔和老頭就坐在窗邊——望海的絕佳位置。一個小涼亭斜對著他們的窗，我便可坐在涼亭裏，遠遠看到他們兩個在窗邊的一舉一動——唯一美中不足就是就完全聽不到他們在說什麼。

起初，老頭很沉默，窩在軟皮板凳裏，像一個乾枯的木偶。夏叔叔則拿著菜單，對著服務員一頓吩咐。待服務員離開後，夏叔叔便給老頭倒茶。兩人一開始也沒什麼交流，就是各自看著風景。忽然，夏叔叔從口袋裏掏出手機，扒拉了一陣，遞給老頭。老頭戴上老花眼鏡，原本擰著眉毛費力地盯著屏幕，但很快又笑開了花。他好像在看著什麼影片，笑著，看著，時不時又把屏幕舉起給夏叔叔看。兩個人算是又熱絡起來。老頭又開始說話了。他的情緒看似不太穩定，不斷地嘗試用誇張的表情來表達自己，但褶皺的皮囊似乎經不起他那麼大動靜的折騰，說著就咳嗽起來。夏叔叔趕緊圍過去，蹲在他身邊，為他拍背，餵他喝水。老頭逐漸平靜下來。不久，服務生端來菜餚。我只能看見幾盞亮白的大盤子，但看不到裏面裝著什麼好東西。估計是些不便宜的東西吧。兩人安靜地吃了一陣後，老頭放下刀叉。他又開始說話。時不時指指窗外的風景，時不時搖搖頭。又或者從荷包裏取出手帕來擦眼睛。夏叔叔就一直不斷點頭，流露出一種真切與關心。

就這樣看著他們二人，我也有點倦怠，時不時眺望山下風景。不知過了多久，我看夏叔叔忽然從包裏掏出一個藥罐似的東西，遞到老頭手裏。老頭拿起來，仔細瞧了瞧，並沒有露出特別感興趣的樣子。緊接著，夏叔叔又把手機遞過去。他在老頭的面前，對著手機屏幕點了幾下，老頭好似看到了什麼新大陸似的，一臉驚奇。緊接著，老頭也把自己的手機拿出來，遞給夏叔叔，一臉急切的樣子，彷彿在請求夏叔叔幫他什麼忙。夏叔叔又連忙點頭，揮舞著雙手好像打太極一樣說了些什麼，老人好像明白了，恍然大悟似的點點頭。

不久，夏叔叔便叫服務生來埋單，並把桌上剩菜打包。卡宴再次啟程，我也趕緊坐回車裏，叫朋友再次跟上。

車子盤山而下，再次遠離商務中心，駛回老城區。道路越來越狹窄，兩旁的唐樓露出斑駁外牆。一些商販在路邊擺起地攤，令車行的空間更加狹窄。流浪漢躺在涼席上睡覺。幾個穿著暴露的女人蹲在馬路牙子上吸煙。一群小孩子趿拉著拖鞋，追跑著經過，完全不怕被車子撞到。最後，卡宴也發現自己與周遭格格不入，索性停在路邊。當夏叔叔下車時，他那光鮮的龐大身軀引來不少路人側目。老頭也下來了。他主動挽住了夏叔叔，將那粗壯的胳膊當作了自己的拐杖，頗有些炫耀的姿態，在街坊的注視下，拐著夏叔叔向一棟老舊唐樓走去。

朋友有點不耐煩了，他問我，這跟蹤到底有完沒完？我也不好答他。我想，等多半小時吧，如果夏叔叔不出來，就算了。事情已經到了這裏，我大概也能猜到是怎麼一回事。但想不到，這次夏叔叔倒是很快就出來了。他一溜煙地從唐樓裏奔跑出來，並沒有上車，而是徑直走出路口，拐彎去了大樹下的一家銀行。又過了大約十五分鐘，夏叔叔從銀行裏出來，手裏捏著一個鼓鼓囊囊的牛皮紙信封。他的大嘴裂開了笑容，一屁股坐進卡宴裏。卡宴再次揚長而去。

我沒有再讓朋友跟蹤下去了。

## （九）

回到家的時候，家裏空蕩蕩。夏叔叔還沒有回來，估計他今天撈了一單大的，怎麼也得請司機吃一頓吧。我想起曾經看過的那些新聞，什麼詐騙集團的人專門找孤老下手，獲得他們的信任，然後榨乾他們的財產之類。我那時想，現如今還會有人相信這種騙子嗎？想不到這樣的事情就發生在我身邊。

我忽然不想再在這個屋子裏住下去了。想必那個什麼心靈互助會跟夏叔叔也是一伙的吧？那個程會長不是對夏嶼說，遇到合適的人選再介紹給夏叔叔嗎？也許就是專門把那些遭遇了不幸的人當作獵物。

或許我應該把這段時間的見聞寫下來。無須加工，無須虛構，就是這樣一篇紀實文章，投稿給雜誌。

或許我真的應該這樣做，我想著。現實往往比虛構更黑暗。

接下來的幾天裏，我幾乎不怎麼去二樓了。就算夏嶼父女來喊我吃飯，我也以不舒服為由，躲在屋裏。我已經把長篇小說暫緩，開始快速記錄這段時間的遭遇。同時間，我也開始重新投簡歷，以及尋找新的租房資訊。

那天晚上，我不知睡到了幾點，忽然被一陣怪響驚醒。似乎是有什麼東西在反覆摩擦金屬而發生的聲響。

「嗒嗒——咔嚓咔嚓——嗒嗒——咔嚓咔嚓——」

我凝神聽了聽，這聲音並不在我房裏，似乎來自隔壁，也就是夏叔叔的房間。是他在敲打什麼東西嗎？

「嗒嗒——咔嚓咔嚓——嗒嗒——咔嚓咔嚓——」我有點怕。想假裝什麼也聽不到，就睡覺好了。但聲音響個沒完。

「嗒嗒——咔嚓咔嚓——嗒嗒——咔嚓咔嚓——」

緊張反而令我尿急。我翻來覆去睡不著，唯有爬起來。然而要去廁所，必須先經過夏叔叔的臥室。

我鼓起勇氣，擰開了房門。

「嗒嗒——咔嚓咔嚓——嗒嗒——咔嚓咔嚓——」

聲音變得格外清晰。一縷月光從隔壁屋子裏透出來——夏叔叔睡覺居然也不關門。這麼不注意形象？尷尬。也不知道他到底是睡了還是在夢遊。總之為了避免讓他覺得我是故意經過他的房間偷窺他的生活，我故意先乾咳一聲，並自言自語為自己解圍：「哎呀，水喝多了，又想上廁所……」

頓了頓，也不聽夏叔叔有迴響。只有那不斷持續的怪聲。

我只好硬著頭皮向前走。本想目不斜視地飛速經過夏叔叔房間，無奈他身體過於龐大，硬要塞到我的餘光裏。這一刻我感到奇怪，怎麼夏叔叔不躺在床上，反而席地坐在門邊，雙手好像還抱著他的大肚子？

「嗒嗒——咔嚓咔嚓——嗒嗒——咔嚓咔嚓——」

我下意識的轉頭一看——只見夏叔叔的肉身靠著門，腦袋耷拉著，而他那肥大肚皮已經被開膛破肚，一個氣球那麼大的金色甲蟲從他的肚子裏鑽出來，正趴在地上，「咔嚓咔嚓」地啃食著一沓鈔票；牠的觸角尖銳如一對鐵筷子，隨著牠的嚙噬而不斷敲擊地板，發出「嗒嗒、嗒嗒」的聲響……

## （十）

我不確定看到金色大蟲的那天晚上，我是怎樣度過的了。是嚇暈在地上了嗎？還是躲回房間裏睡著了？不知道為什麼，我竟對那晚之後的事情失去了記憶，只記得我翌日醒來的時候，是躺在二樓的沙發上的。我的身上搭著厚厚毛毯，而夏嶼正給我的額頭敷毛巾。

我問她，這是怎麼回事？夏嶼告訴我，說我昨晚一直在房間裏哀嚎，把大家都吵醒了，結果發現我是發燒燒糊塗了。然後夏嶼趕緊給我餵藥，又要夏叔叔給我煲粥喝，兩個人照顧了我一晚上，我才算是好些了。

我四周望了望，確定夏叔叔不在屋裏後，連忙捉住夏嶼的手說：

「我跟你說，你爸爸有問題！」結果我話音剛落，就有人接茬：

「你瞎說！你爸才有問題，你們全家都有問題！」

一個精瘦的小男孩忽然從沙發底下鑽出來，像個小猴子似的上蹦下竄，大聲呼叫：

「爸爸——你快下來——媽媽——你快下來——」

我盯著這小子不知所措，夏嶼一臉無奈地跟我說，這是她同父異母的弟弟。還不待夏嶼跟我解釋完畢，夏叔叔就牽著個女人進屋了。小男孩連忙蹦了過去，挽住他媽媽的大腿，指著我大叫：

「她說我爸有問題！她才有問題！」

夏叔叔哈哈大笑起來，一把將那吵鬧的小男孩扛在肩上：

「你小子，還知道維護爸爸呢？」

而那女人則一臉溫柔地看著我，走過來問我好些了沒有？跟夏叔叔比起來，這個女人簡直就瘦得只剩一身骨架似的。齊耳短髮稀疏，面色蒼白，五官寡淡，穿著一襲白色長裙——竟也因瘦得過分而有了一種病態美。

「這是錢阿姨。」夏嶼跟我介紹，「他是我爸爸的現任妻子。」

「你好。」我對她簡單打了個招呼。

「我陪你夏叔叔來開會的，住幾天就走。」她的聲音溫柔中帶著幾分虛弱，令她聽上去好似被人捏在手中的蝴蝶，隨時都有可能被搓得粉身碎骨。

夏叔叔把小男孩也抱到我面前。

「這是你的敦敦弟弟。」

敦敦並不正眼瞧我，只是一個勁地要往他爸爸肚皮上爬。

「我跟你說啊，你們年輕人就是要多補身體。蛋白粉吃了嗎？你看小嶼，天天吃蛋白粉，多健康……」

夏叔叔又開始嘮叨他那一套健康理論了。而我的視線卻被他肚皮上的敦敦吸引。那個男孩不高，跟他媽媽一樣瘦，蜷縮在夏叔叔肚皮上的時候，有那麼幾分像我昨晚見到的皮球大小的蟲。

這時候，白白也吧嗒吧嗒跑來湊熱鬧，硬是要往夏叔叔懷裏湊，結果被敦敦一腳踹開，牠委屈得嚶嚶直叫。

## （十一）

錢阿姨雖然嘴上不斷跟我賠著小心，但她和敦敦的出現，簡直令這座小屋雞飛狗跳。我好似從沒見過像敦敦那樣聒噪的小孩。也不知道是哪裏學來的毛病，一天到晚都要大聲嚷嚷。

結果，敦敦一叫喚，白白也跟著叫——我之前還沒見過白白對什麼人如此狂躁，估計是記了那一腳的仇。噪音在屋子裏此起彼伏，簡直讓我沒法再專心寫作。

而錢阿姨跟夏嶼似乎也經常會在二樓爭吵。如果不是親耳聽到，我不能相信錢阿姨的聲線竟可以如此高亢。有時我也有點好奇，會站在樓梯聽聽她們在吵些什麼。似乎是夏嶼有什麼東西存在錢阿姨那裏，但錢阿姨不還給她。不久，敦敦也加入戰爭。他破著嗓子嚎啕大哭，引得夏叔叔也加入混戰，他好像在拍桌子，不斷發出砰砰砰的聲響。每次聽到這種聲音以後，錢阿姨與夏嶼就都消停了。我的耳根才回歸清淨。

儘管如此，夏叔叔的「會議」也沒受到家事的干擾，甚至搞得比之前更熱鬧。我已經養成了在那一聲車鳴之前就醒來的習慣。似乎每天的期待，就是趴在窗臺觀察夏叔叔出行的新裝束。有時，他會帶上錢阿姨，錢阿姨一改樸素，穿金戴銀，而夏叔叔的身上也印滿名牌logo。有時，他會帶上白白——給白白穿上一身狗西裝，讓牠充滿了貴族氣息。他甚至還會帶上夏嶼——夏嶼居然把頭髮散下來，披在肩上，化著嫵媚的妝容，穿著一襲露背連身裙——我感覺小學畢業後就再也沒有見過她打扮成這樣了。但無論夏叔叔帶誰去「開會」，敦敦是一定會留在家裏的。為了避免聽那孩子叫喚，我一般看完夏叔叔的出行，就會抱著電腦，去戶外待一天，直到夜晚才回來。

有了錢阿姨以後，夏叔叔也不怎麼做飯了。倒是時不時會帶些外賣回來。我猜，那又是他請獵物吃高檔餐廳後留下的剩菜吧。一開始，夏叔叔還是會像以往一樣，招呼我一起吃。但錢阿姨卻說她自己有乙肝，讓我最好別跟她一起吃——夏叔叔他們都打了疫苗，而我沒打，讓我最好自己出去吃。

我自然明白她什麼意思。但無所謂，我住在這裏只是想趕在九月來臨前，把手頭的文章定稿。

這些同居的摩擦，於我而言真的不算什麼——除了晚上所受的煎熬。如今，我依然每晚都會被「嗒嗒——咔嚓咔嚓——」的怪聲給吵醒。然後又不得不經過夏叔叔的臥室去廁所。

現在夏叔叔一家睡在一起，臥室門關得嚴，我看不到裏面的景象，但那怪聲卻越發清晰、越發響亮。有時我甚至在想，是不是三個人肚子裏都養了一隻吃錢的怪蟲，牠們的觸角同時撞擊地板，發出更加肆無忌憚的噪音？而當我回到房間，閉上眼睛，我的夢裏也會出現一隻隻金光閃閃的小蟲，牠們密密麻麻，攀附在我房間每一處角落，不斷吸食我的空間，我的氧氣，直到牠們的軀體越來越龐大，越來越擁擠，最後完全地將我吞食……

八月的最後一天，我寫完了在美涯村的紀實文章。從心靈互助會，到夏叔叔去葬禮找客戶，再到一家人的喬裝「會議」，我通通寫了下來。就連我夏叔叔肚裏的吃錢怪，我也記錄在內。當然，為了保護當事人的隱私，我全部都給他們起了化名。編輯很喜歡我的稿件，她幾乎是一天內就看完了，大呼精彩，並稱讚我的想像力又有進步了。

我跟她強調，這不是想像力，而是現實。我寫的全都是我親眼所見，無一虛構。所以，我希望她可以將這篇文章刊登在「非虛構」版面。

編輯卻怎麼都不信我說的，她懷疑我是想用「非虛構」之名來炒作作品。

「我知道，你很想有所成績，但這樣的炒作是得不償失。早晚有一天會被人識破的呀。」

我不知該怎麼說才好了。我告訴她，我只是希望更多人關注到這個事件，留意到這種詐騙行為，以及要審視自己或身邊人是不是也被吃錢怪給侵蝕了。

「這個主題很好啊。」編輯說，「你放心，我這次會把你的小說刊登在頭條。」

我還能說什麼呢？這個刊物是我曾經一直想上卻沒有機會的。頭條稿費高，關注度也高，我沒有拒絕的理由。

「好吧……」當我敲下這兩個字的回覆時，我竟彷彿又聽到了「嗒嗒——嗒嗒——」的聲響。我知道，是那隻小蟲又在我的心頭起舞了，

## （十二）

搬離美涯村的那天，敦敦十分開心，翻著跟斗就爬上了被我佔用兩個月的床。

只有夏嶼為我送行。她幫我一起收拾行李，再把行李一件件拎到樓下。我叫的網約車還沒來，她就陪我站在村口等待。

「不好意思啊。我也沒想到我的家人會中途搬進來住……之前說好是把三樓留給你的……」

「沒事啦。」我說。

「那你找好新去處了嗎？」

「有啦。」

「那就好。」

看著夏嶼那張圓圓的、黝黑的臉，我忽然明白為什麼我總覺得她很眼熟了，我想起來她像誰了——像《星際寶貝》裏那個小女孩。

不過我並沒有說出我的想法。我倆誰都沒有說話，沉默了一會。我忍不住問她：

「那天我好像聽到你跟錢阿姨吵架。她是拿走了你的東西不還給你嗎？」夏嶼愣了一下。

「是嗎？」我追問。

「也不算吧。就是我的收入都存到她公司的 APP 裏了。之前她說好每個季度會返利息給我的。結果大半年過去，一分錢也沒給我。」

「什麼 APP 啊？」

夏嶼又作出一副聽不到我問題的樣子，左顧右盼，忽然指著我身後說：

「欸，你的車來了。」緊接著，她拖著我的箱子，向著前方走去。

## （十三）

車子開動了。窗外逐漸閃過熟悉的風景：美浫花園，林蔭大道，碼頭，跨海大橋。大海如此廣闊，不斷崩騰，像是一片巨大的脈搏。那些高樓再次向我逼近，從四面八方壓迫過來。

我新租的單間在一座老商場上面，交通非常方便，一下樓就有一整條美食街。但房租也比之前更貴，差不多一萬三每個月。一個暑假過去，房租又全面上漲了。新房東對我這種還沒有工作證明的人格外嚴謹，一分錢都不讓價；此外，她要求我三個月內必須找到一份穩定全職工作，工資要高過房租，否則她無法相信我有能力交租，就會與我中斷合約。於是我又加速了投簡歷的進程。有個公司的人事部主管竟然是我大學同學，她給我打電話的時候，直呼我的全名，問我是否還記得她？我當然說記得啦。大概是熟人緣故，她給我的初試打了很高分。不過我倒是對她的公司沒什麼興趣，因為那是一家保險公司。我要做的工作就是替保險公司撰寫廣告文案、管理社交媒體平臺等。但我實在不願意為這種販賣美好未來的機構做宣傳。然而金融業的工資水平比較誘人，公司給出的薪水竟意外比之前高了百分之四十。我莫名有些感謝被前公司裁員了。

收到 offer 那天，我終於可以光明正大給我媽打視頻電話了，給她炫耀一下漲工資和新公寓。當然，我還是隱瞞了在美涯村的那段無業假期。

我的長篇小説遲遲未寫完。目前它還是停留在主角們發現自己是賺錢機器的那一章。後面的思路被那篇紀實短篇打斷後，一直也沒有再續下去。我忽然覺得，自己好像那個小說裏的主角啊。發現了一些什麼，卻又不知道該怎麼辦。似乎也的確沒什麼辦法，唯有假裝什麼也不知道，繼續生活下去。

而那個紀實短篇原本叫〈我在美涯村的無業夏天〉，後來被編輯改為〈金絲蟲〉——取了我在藝術展看到的那個展品名字。這個名字我也蠻喜歡的，就沒有提出異議。〈金絲蟲〉雖然過了編輯部的審核，但還在排期，也許要明年年底才能被刊出。我已經習慣了這樣的等待。

不知不覺我就離開了美涯村將近一個多月。秋天已經到了。夏嶼一直都沒有再跟我聯繫，我甚至懷疑她到底有沒有出現在我的生活中，之前在美涯村的一切是否真實。直到有一天，我忽然在社交媒體上看到了夏嶼的動態。一則短短的文字，宣佈她的父親去世。我看到我跟她的共同好友已經在這條文字下面留言，讓她節哀順變。

我趕緊給她發信息，問她夏叔叔是怎麼了呢？她現在是否還在海城，如果有需要的話，我隨時去看望她。

夏嶼很快就回覆我，說多謝我的關心。

隨後她還發了一條語音信息給我。她的聲音聽起來有些顫抖，不知道是不是因為哭得厲害：

「爸爸是意外猝死。但具體的過程我也不知道。錢阿姨說是他吃什麼東西給噎到了，然後引發心肌梗塞……但我是不信的……」

聽到這裏，我竟莫名感到毛骨悚然，彷彿看到那隻巨大的蟲子，卡在夏叔叔的喉嚨裏，他咽不下去，也吐不出來，只能大力大力地喘息、咳嗽，全身的脂肪都在他的掙扎下發抖……

忽然，夏嶼的那條語音信息被撤回了。

我又發了幾條關心她的信息過去，但通通都沒有得到回應了。

## （十四）

阿遠竟然又給我發來了長長的郵件。他一如既往先交代一遍自己的學業狀況。說自己已經完成了第一篇論文，導師們都很滿意，拿去投稿給學術期刊。但期刊的編輯們又眾口難調，給了他很多亂七八糟的反饋。那些意見看得他頭皮發麻，他不想為了發表而改寫自己的論文。但最終還是沒有辦法，他還是屈服了。這件事令他感到很難受。

但另一方面，他的經濟狀況大有改善。他已經加入了Kevin的組織。他神秘兮兮地跟我說，他現在賺的錢，已經足夠在賽爾維亞買一個大別墅了。

「不過，我並不打算現在就把錢兑現出來。我覺得它還能再增值。現在就兑現就太虧了。」

他倒是再也沒有提起之前說有了錢就把我帶去塞爾維亞生活、把我從資本主義解放出來的話了。

我原本打算給他回一封什麼，或者分享一些比特幣的負面新聞，又或者告訴他人類被金絲蟲吞食的故事。但我最終什麼也沒有回覆。誰又有資格勸說誰呢？誰還不是一個與金絲蟲共存的人類呢。

想到這裏，我直接刪掉了阿遠的郵件，結束了與他的對話，並將注意力回到我手頭的工作。現在是下午兩點半，我須要在三個小時內完成一篇一千字的廣告劇本，來宣傳我們公司的養老保險。

當然，這點小短文難不倒我呀。我很快就構思了一個帶有奇幻色彩的小故事：

兩個少婦去逛街，遇到一面可以照見未來的魔鏡。兩人好奇，分別湊上去照照，結果，少婦甲照得的未來是她年過六十仍然擁有健美身材，在沙灘上與年輕小伙子一起玩排球；而少婦乙照得的未來則是她年過六十在養老院淒慘度日。「為什麼？！」少婦乙對著鏡頭發問。少婦甲答：「因為你沒有購買養老保險呀。如果你像我一樣，年輕時就開始供養老保險，保證你退休無憂，一輩子都不用愁……」

當我將這個文檔上交給領導，並準時關閉電腦，離開公司時，我彷彿又聽到了「嗒嗒」、「嗒嗒」的聲響，但我已經對此感到麻木了。

下班人潮令人心悸。從高處電梯往下看，人來人往宛如蟻群搬家。我一般會選用一種目不斜視、橫衝直撞的螃蟹行走法，在人潮中殺出一條道路，但今天我走到一半，忽被一群身穿漢服的少年吸引。我不知道他們是不是在搞什麼行為藝術，個個長衫飄飄、逆流而行。這種新鮮的造型在商務中心很少見，自然令打工老油條感到新鮮，紛紛主動給他們讓路。而我則情不自禁地跟在他們身後，想像自己成為他們其中一員。

我跟著他們行走，逐漸遠離人潮，經過一片尚未營業的大排檔，立滿大型垃圾桶的後巷，亮起燈光的便利店。風裏飄來海水的味道，我知道，再往前走，就會有一片海濱長廊，供附近的居民散步。

長廊那邊還有幾個穿著漢服的少女在等待，遠遠衝著我前面的少年招手。很快，兩班人馬在海邊聚齊了。他們在草坪上躺下來，互相笑著閒聊一陣後，逐漸歸於安靜，然後，我看到大家紛紛從口袋裏掏出一張小小的紙。他們將紙片高高舉起，令路燈直射到紙片上的文字。他們仰面對著月亮，齊齊唸誦起來。

他們的聲音在海濱長廊上很不起眼，很快就被海浪給吞噬。但他們依然投入地唸誦，彷彿沉浸在一片只有他們才知道的世界裏。

我也試著在草坪上躺下來，並打著滾向他們靠近。他們的聲音在我耳裏逐漸清晰。

我聽到了，他們是在唸詩：

……

有時工作使我疲倦
中午便到外面的路上走走
我看見生果檔上鮮紅色的櫻桃嗅到煙草公司的煙草味
門前工人們穿著藍色上衣一群人圍在食檔旁
一個孩子用鹹水草綁著一隻蟹帶它上街
我看見人們在趕路在殯儀館對面
花檔的人在剪花

……

有時我走到山邊看石
學習像石一般堅硬
生活是連綿的敲鑿
太多阻擋　太多粉碎
而我總是一塊不稱職的石
有時想軟化
有時奢想飛翔 ①

遠處傳來輪船的汽笛。海水裏不斷泛起腥臭的味道。一個塑膠袋飄在青藍色的海浪上，越蕩越遠。我沉浸在這幫青少年的吟詩聲裏，短暫地屏蔽掉了那枯燥又執著的「嗒嗒」聲，並希望這個時刻可以久一點，再久一點。

---

① 也斯的詩：〈中午在鰂魚涌〉

本創文學 102

烏鴉在港島線起飛

作　　者：程皎暘
責任編輯：黎漢傑
封面設計：Changxin
內文插圖：Changxin
內文排版：D. L.
法律顧問：陳煦堂　律師

出　　版：初文出版社有限公司
電郵：manuscriptpublish@gmail.com

印　　刷：陽光印刷製本廠

發　　行：香港聯合書刊物流有限公司
香港新界荃灣德士古道 220-248 號
荃灣工業中心 16 樓
電話 (852) 2150-2100 傳真 (852) 2407-3062

海外總經銷：貿騰發賣股份有限公司
電話：886-2-82275988 傳真：886-2-82275989
網址：www.namode.com

版　　次：2024 年 7 月初版
國際書號：978-988-70534-5-3
定　　價：港幣 98 元　新臺幣 360 元

Published and printed in Hong Kong

香港藝術發展局 Hong Kong Arts Development Council 資助

香港藝術發展局全力支持藝術表達自由，本計劃內容不反映本局意見。

香港印刷及出版